講談社文庫

野暮天

大江戸閻魔帳(七)

藤井邦夫

講談社

目次

『野暮天《やぼてん》　大江戸閻魔帳（七）』――人物紹介

青山麟太郎《あおやまりんたろう》　元浜町《もとはまちょう》の閻魔《えんま》長屋に住む若い浪人。戯作者《げさくしゃ》閻魔堂赤鬼《あかおに》。

蔦《つた》　日本橋通油《にほんばしとおりあぶらちょう》町の地本《じほん》問屋『蔦屋《つたや》』の二代目。蔦屋重三郎《じゅうざぶろう》の娘。

幸兵衛《こうべえ》　『蔦屋』の番頭。白髪眉《しらがまゆ》。

梶原八兵衛《かじわらはちべえ》　南町奉行所臨時《りんじ》廻《まわ》り同心。

辰五郎《たつごろう》　岡《おか》っ引《ぴき》。連雀《れんじゃくちょう》町の親分。

亀吉《かめきち》　下《した》っ引《ぴき》。

菊亭桃春《きくていとうしゅん》　男女の愛憎を描き人気の女戯作者。

中原道伯《なかはらどうはく》　浅草駒形町《あさくさこまがたちょう》の町医者。

白坂恭之介《しらさかきょうのすけ》　小普請《こぶしん》組の御家人。母親と二人暮らし。

雪乃《ゆきの》　茶の湯の宗匠堀川宗舟《ほりかわそうしゅう》の姪《めい》。拘《かかわ》る男たちが次々死に至る。

桂木道悦《かつらぎどうえつ》　骨董品《こっとうひん》の目利き。

根岸肥前守《ねぎしひぜんのかみ》　南町奉行。麟太郎のことを気にかける。

正木平九郎《まさきへいくろう》　南町奉行内与力《うちよりき》。代々、根岸家に仕える。

大江戸閻魔帳《えんまちょう》（七）

野暮天

第一話　野暮天《やぼてん》

一

浜町堀《はまちょうぼり》を行く屋根船からは、三味線《しゃみせん》の爪弾《つまび》きが洩《も》れていた。

「出来た……」

戯作者《げさくしゃ》の閻魔堂赤鬼《えんまどうあかおに》こと青山麟太郎《あおやまりんたろう》は、漸《ようや》く書き上げた絵草紙の原稿を懐《ふところ》に入れ、閻魔長屋の家を出た。

閻魔長屋を出た麟太郎は、木戸の傍《そば》の古い閻魔堂に手を合わせ、通油町《とおりあぶらちょう》の地本問《じほん》屋『蔦屋《つたや》』に急いだ。

地本問屋『蔦屋』は、客で賑《にぎ》わっていた。

番頭の幸兵衛《こうべえ》と手代は、若い男女客の応対に忙しくしていた。

どうした……。

麟太郎は、店の横で片付けをしていた小僧に怪訝《けげん》な面持ちで近付いた。

「何の騒ぎだ……」

「あっ、赤鬼先生。今日は菊亭桃春《きくていとうしゅん》先生の新作絵草紙の発売日なんですよ」

小僧は笑った。

「へえ、桃春の新作絵草紙の発売日か……」

麟太郎は感心した。

戯作者の菊亭桃春は、今売出しの女戯作者で男女の愛憎を色気たっぷりに描き、若い男女の間で評判になっていた。だが、麟太郎は菊亭桃春の絵草紙を読んだ事はなかった。

菊亭桃春の新作は、かなりの売れ行きのようだった。

「赤鬼先生、旦那さまならお部屋ですよ」

小僧は告げた。

「そうか。邪魔をする……」

麟太郎は、土間の隅から框《かまち》に上がって奥に進んだ。

「二代目。俺だ、赤鬼だ……」

麟太郎は、居間に声を掛けた。

「あら、麟太郎さん、丁度良《ちょうど》かった。入って下さいな」

居間の襖越《ふすま》しに、地本問屋『蔦屋』の二代目主《あるじ》のお蔦《つた》の声がした。

「うん。邪魔をする」

麟太郎は、襖を開けて居間に入った。

「いらっしゃい……」

お蔦は、茶を淹《い》れながら麟太郎を迎えた。

「やあ……」

麟太郎は、お蔦のいる長火鉢《ながひばち》の前に座った。

「どうぞ……」

お蔦は、長火鉢の猫板《ねこいた》に茶を置いた。

「うん。戴《いただ》く……」

「で、書き上がったの新作……」

「うん。ま、拙作だが読んでみてくれ」

麟太郎は、懐から絵草紙の原稿を取り出し、お蔦に渡した。

「うん。預かって、後でゆっくり熟読玩味《がんみ》しますよ」

「えっ……」

いつもなら直《す》ぐに読むお蔦なのだが、麟太郎の原稿を縁起棚に置き、手を叩《たた》いた。

「で、麟太郎さん、ちょいと出掛けるんですけど、付き合っちゃあくれません」

お蔦は、麟太郎に笑い掛けた。

「う、うん、そりゃあ、構わないが……」

麟太郎は、訳も分からず頷《うなず》いた。


お蔦と麟太郎は、客で賑わっている店の脇から外に出た。

「凄《すご》い人気だな。菊亭桃春……」

麟太郎は、賑わう客を横目に告げた。

「ええ。あっと云《い》う間に増刷ですよ」

お蔦は笑った。

「何と云っても、滅多《めつた》にいない女戯作者だからな……」

麟太郎は、羨《うらや》ましそうに告げた。

「それ以上に、面白い筋立てで、色気と情感がたっぷりですからねえ」

お蔦は、女戯作者菊亭桃春を高く評価していた。

「そうか……」

色気と情感……。

それは、戯作者閻魔堂赤鬼には最も足りないと云われているものだ。

麟太郎は、僅《わず》かに落ち込んだ。

お蔦は、地本問屋『蔦屋』を出て通油町の通りを浜町堀に向かった。

麟太郎は続いた。


「して、何処《どこ》に行くのだ……」

麟太郎は、お蔦に尋ねた。

「向島《むこうじま》ですよ……」

「向島……」

両国《りょうごく》から浅草《あさくさ》に抜けて行くのか……。

何《いず》れにしろ、向島迄《まで》はかなりの道程だ。

麟太郎は、思わず眉《まゆ》をひそめた。

「こっちよ……」

お蔦は、浜町堀に架《か》かっている緑橋《みどりばし》の下の船着場に下りた。

船着場には猪牙舟《ちょきぶね》が揺れていた。

「お待たせしましたね……」

お蔦は船着場に下り、猪牙舟の船頭に声を掛けた。

「いいえ。じゃあ、どうぞ……」

船頭は、お蔦と麟太郎に笑い掛けた。

「お邪魔しますよ」

お蔦と麟太郎は、猪牙舟に乗り込んだ。

「じゃあ、向島に……」

「お願いします」

お蔦は、向島迄、猪牙舟を雇っていた。

船頭は、お蔦と麟太郎を乗せた猪牙舟を大川《おおかわ》の三つ又に向かって漕《こ》ぎ出した。

お蔦は、微風に眼を細めた。

麟太郎の鬢《びん》の解れ毛《ほつげ》が揺れた。

浜町堀の堀端の柳並木は、緑の枝葉を微風に揺らしていた。

浜町堀から三つ又に出て、大川を遡《さかのぼ》って新大橋《しんおおはし》、両国橋、吾妻橋《あづまばし》を潜《くぐ》ると向島だ。

お蔦と麟太郎を乗せた猪牙舟は、様々な船と擦《す》れ違いながら大川を遡った。

向島の土手道には、桜並木の緑の葉が揺れていた。

猪牙舟は吾妻橋を潜り、隅田川を尚《なお》も遡って長命寺《ちょうめいじ》前の船着場に船縁《ふなべり》を寄せた。

「着きましたぜ」

「お世話になりましたね」

お蔦は、船頭に手間賃を渡して猪牙舟を下りた。

麟太郎は続いた。

向島の土手道を通る人は少なかった。

お蔦と麟太郎は、土手道に上がって長命寺脇の小川沿いの田舎道に進んだ。

「誰の家に行くのかな……」

麟太郎は尋ねた。

「お旗本の後家さまのお宅ですよ」

お蔦は告げた。

「旗本の後家……」

麟太郎は眉をひそめた。

「ええ……」

お蔦は、背の高い垣根に囲まれた家の木戸門を潜った。

麟太郎が続こうとした時、派手な半纏《はんてん》を着た男が垣根の裏から出て来た。

うん……。

麟太郎は、派手な半纏を着た男を見た。

派手な半纏を着た男は、麟太郎に気が付いて慌《あわ》てて立ち去った。

何だ、彼奴《あいつ》……。

麟太郎は、怪訝な面持ちで見送り、お蔦に続いた。

「御免《ごめん》下さい。奥さま、蔦屋の蔦です。奥さま……」

お蔦は、戸口から家の中に声を掛けた。

「お蔦さん、おいでなさい……」

年増の武家女が微笑《ほほえ》みを浮かべ、庭先から現れた。

「あっ、奥さま……」

お蔦は会釈した。

「どうぞ……」

武家女は、麟太郎とお蔦に茶を差し出した。

「ありがとうございます。奥さま、此方《こちら》が青山麟太郎さんです。麟太郎さん、此方が菊川春乃《きくかわはるの》さまですよ」

お蔦は、麟太郎と菊川春乃を引き合わせた。

「青山麟太郎です」

「菊川春乃でございます」

麟太郎と春乃は挨拶《あいさつ》を交わした。

「それでね、麟太郎さん。近頃、奥さまや此《こ》の家を窺《うかが》う不審な者がいるそうなんですよ」

「不審な者……」

麟太郎は眉をひそめた。

「ええ。出掛ければ後を尾行《つけ》られ、家にいれば覗《のぞ》かれているような……」

春乃は頷いた。

「そんな真似《まね》をされる心当たりは……」

麟太郎は訊《き》いた。

「さあ、此れと云って……」

春乃は、戸惑いを浮かべた。

「ありませんか……」

「はい。三年前、心の臓の長患《ながわずら》いの末に亡くなった主人の敬一郎《けいいちろう》も小普請《こぶしん》の無役、他人に恨《うら》みを買ったり、出来るような者ではなく、さっぱり、分からないのです」

春乃は首を捻《ひね》った。

旗本の菊川敬一郎は小普請組であり、心の臓の長患いの末に三年前に亡くなっていた。

「そうですか……」

「ええ……」

「後を尾行る者、窺う者、奥さまの思い違いと云う事は……」

麟太郎は、春乃を見詰《みつ》めた。

「一度や二度ならそうかもしれませんが、こう度重《たび》なると、とても思い違いとは

「……」

春乃は、首を横に振った。

「思えませんか……」

「ええ……」

春乃は頷いた。

「で、麟太郎さん、二、三日、奥さまの用心棒をしてくれませんか……」

お蔦は告げた。

「えっ。用心棒……」

麟太郎は、思わず訊き返した。

「ええ。お願い、麟太郎さん……」

お蔦は頼んだ。

「青山さま、尾行たり窺ったりしている者が何処の誰で何故《なにゆえ》か、見定めていただければ良いのですが……」

春乃は告げた。

「麟太郎さん……」

お蔦は、麟太郎に笑い掛けた。

不気味な笑いだった。

「分かりました。じゃあ、二、三日だけ、用心棒を務めます」

麟太郎は押し切られた。

「じゃあ、新作、熟読玩味しておきますよ。しっかりね……」

お蔦は、麟太郎に笑い掛けて帰って行った。

「ああ……」

麟太郎は見送り、溜息《ためいき》を吐《つ》いた。

菊川春乃の家には、主の春乃の他に老下男夫婦が暮らしていた。

老下男夫婦は、長年旗本菊川家に奉公しており、主の敬一郎が死んだ後、暇を出される事はなかった。

麟太郎は、母屋の玄関脇の部屋に入った。

部屋は、玄関に近く、庭に面しており、曲者《くせもの》が押し込めば、直ぐに知れる位置にあった。

よし……。

麟太郎は、庭側の障子と雨戸を開け、庭先と木戸門の様子を警戒した。

菊川春乃を尾行し、様子を窺う者は何者で何が目的なのか……。

麟太郎が来た時、垣根の裏にいた派手な半纏を着た男は拘《かかわ》りがあるのかもしれない。

麟太郎は、家の外に出て背の高い垣根の周りに不審はないか警戒した。背の高い垣根の裏に、不審な処《ところ》は何もなかった。

麟太郎は、裏手の納屋で笊《ざる》や竹籠《たけかご》の修繕をしていた老下男の鶴吉《つるきち》を訪れ、亡くなった菊川敬一郎と春乃について尋ねた。

「お亡くなりになった旦那さまも奥さまも、とてもお優しいお方でして、他人《ひと》さまに恨まれるような事は……」

鶴吉は、白髪眉《しらがまゆ》をひそめた。

「ありませんか……」

「はい……」

鶴吉は頷いた。

「そうですか。造作を掛けました」

麟太郎は、鶴吉に礼を云って納屋を出た。

派手な半纏の男が、木戸門の陰から母屋を窺っていた。

野郎……。

麟太郎は、素早く物陰に隠れて木戸門に忍び寄った。

派手な半纏の男は、忍び寄る麟太郎に気が付いて身を翻《ひるがえ》した。

「待て……」

麟太郎は、地を蹴って派手な半纏の男を追った。


派手な半纏の男は、小川沿いの田舎道を向島の土手道に向かって逃げた。

麟太郎は、追い縋《すが》って跳び掛かった。

派手な半纏の男は、麟太郎に捕まって倒れ込んだ。

「手前《てめえ》、何者だ……」

麟太郎は、派手な半纏の男を押さえた。

「離せ。離しやがれ……」

派手な半纏の男は、激しく抗《あらが》った。

土埃《つちぼこり》が舞い上がった。

「じたばたするな。大人しくしろ」

麟太郎は、抗う派手な半纏の男を殴り飛ばした。

派手な半纏の男は、気を失った。

麟太郎は、気を失った派手な半纏の男を縛り上げ、春乃や鶴吉に面通しをさせた。

「どうです、見覚えありませんか……」

「さあ……」

春乃や鶴吉は、派手な半纏の男に見覚えはなかった。

麟太郎は、派手な半纏の男の名と素性を示す物を探した。

僅かな金の入った巾着《きんちゃく》と手拭《てぬぐ》い……。

派手な半纏の男は、名や素性を教える物は何一つ持っていなかった。

「よし……」

麟太郎は、気を失っている派手な半纏の男に水を浴びせた。

派手な半纏の男は、気を取り戻して身震いした。

「お前、名前は……」

麟太郎は笑い掛けた。

「さあな……」

派手な半纏の男は、不貞腐《ふてくさ》れた。

「そうか。云いたくないか……」

「ああ……」

「ならば、仕方がないな……」

麟太郎は笑い、派手な半纏の男の首に背後から腕を巻き、力を籠《こ》めた。

「うっ……」

派手な半纏の男は、眼を瞠《みは》って身体《からだ》を強張《こわば》らせた。

「名も素性も云わないなら、生かして置いても仕方がない。殺して裸にし、隅田川《すみだがわ》に放り込むだけだ……」

麟太郎は、嘲《あざけ》りを浮かべて首に巻いた腕を絞めた。

「や、止めてくれ……」

派手な半纏の男は、苦し気に踠《もが》いた。

「そうはいかない……」

麟太郎は、苦笑しながら派手な半纏の男の首を絞めた。

「き、喜助《きすけ》だ……」

派手な半纏の男は。嗄《しわが》れ声を引き攣《つ》らせた。

「喜助……」

鱗太郎は訊き返した。

「ああ……」

派手な半纏の男は頷いた。

「本名かな……」

「ほ、本名だ……」

喜助は、嗄れ声を必死に震わせた。

「生業《なりわい》は……」

「ねえ……」

どうやら遊び人のようだ……。

鱗太郎は苦笑した。

喜助は、苦しく呻《うめ》いて踠いた。

「何故、此の家を窺うのだ」

鱗太郎は、尚も腕に力を籠めて首を絞めた。

「頼まれた。明神下《みょうじんした》の地廻り、吉兵衛《きちべえ》の親方に頼まれたからだ……」

「明神下の地廻りの親方、吉兵衛か……」

鱗太郎は、喜助の首を絞めた。

「ああ……」

喜助は、苦し気に頷き、白眼を剝《む》いて落ちた。

「手間を掛けさせやがって……」

麟太郎は、気を失った喜助を離した。

喜助は、地面に転がった。


麟太郎は、長命寺前の船着場にいた猪牙舟の船頭に使いを頼んだ。

猪牙舟の船頭は、下っ引《したぴき》の亀吉宛《かめきちあて》の手紙を持って神田連雀町《かんだれんじやくちよう》の岡《おか》っ引《ぴき》の辰五郎《たつごろう》親分の家に急いだ。

陽は西に傾き始めた。


「明神下の地廻りの吉兵衛ですか……」

春乃は、細い眉をひそめた。

「ええ。喜助は、吉兵衛の指図で貴女《あなた》の様子を窺い、探っていたようです。何か心当たりは……」

麟太郎は尋ねた、

「さあ、心当たりなど……」

春乃は首を捻った。

「ありませんか……」

「はい……」

春乃は頷いた。

「ならば、明神下の地廻りの吉兵衛、どんな奴か探ってみますか……」

麟太郎は苦笑した。


下っ引の亀吉がやって来た。

「やあ、亀さん、わざわざ済みませんね」

麟太郎は詫《わ》びた。

「いいえ、詫びるには及びませんぜ。で、何処です。覗きの遊び人は……」

亀吉は苦笑した。

「こっちです……」

麟太郎は、亀吉を納屋に案内した。

夕陽は日本橋川《にほんばしがわ》に映えた。

麟太郎と亀吉は、遊び人の喜助を猪牙舟で南茅場町《みなみかやばちょう》の大番屋に引き立て、仮牢に放り込んだ。そして、夕暮れの町を神田明神下の地廻り吉兵衛の家に向かった。

地廻りの親方の吉兵衛は、旗本の後家の菊川春乃の何を探ろうとしているのか……。

麟太郎は、夕陽を浴びて亀吉と神田明神下に急いだ。

二

神田明神に参拝客は途絶え、門前町の盛り場だけが賑わっていた。

麟太郎と亀吉は、明神下の通りにある地廻り吉兵衛の店に向かった。

吉兵衛の店は明かりを灯《とも》し、二人の三下が賽子《さいころ》遊びをしていた。

親方の吉兵衛と配下の地廻りたちは、縄張り内の見廻りに出掛けているようだった。

麟太郎と亀吉は、親方の吉兵衛がどんな者なのか調べようと、木戸番屋に向かった。

「ああ。地廻りの親方の吉兵衛、お店《たな》は勿論《もちろん》、行商人や野菜売りのお百姓からも見ケ〆料《みかじめりよう》を取っている汚ねえ野郎だよ」

老木戸番は吐《は》き棄てた。

「そんな野郎なのかい……」

亀吉は呆《あき》れた。

「ああ。金の為なら何でもやる外道だ」

「じゃあ、誰かに金を貰《もら》って嫌がらせなんかもやるのかな……」

麟太郎は眉をひそめた。

「ああ。嫌がらせどころか人殺しだってやっている筈《はず》だぜ」

老木戸番は、腹立たし気に告げた。

「麟太郎さん……」

亀吉は、麟太郎の出方を窺った。

「そんな奴なら容赦《ようしゃ》は無用ですね……」

麟太郎は苦笑した。

「ええ。処で父《と》っつあん、ちょいと使いを頼まれてくれないかな」

「いいとも……」

老木戸番は頷いた。

「じゃあ、神田連雀町の岡っ引の辰五郎親分の処に……」

亀吉は、老木戸番に小銭を握らせて何事かを頼んだ。

「じゃあ……」

麟太郎は、亀吉と共に地廻り吉兵衛の店に向かった。


「邪魔をする……」

麟太郎と亀吉は、吉兵衛の店に入った。

「おいでなさい……」

二人の三下は、賽子を片付けて麟太郎と亀吉を迎えた。

「親方の吉兵衛、いるかな……」

麟太郎は、吉兵衛を呼び捨てにした。

「お侍は……」

三下は、親方の吉兵衛を呼び捨てにした麟太郎を睨《にら》み付けた。

「俺か、俺は閻魔堂の赤鬼だ……」

麟太郎は笑った。

「巫山戯《ふざけ》るな……」

二人の三下は身構えた。

「吉兵衛、いるなら呼んで貰おうか……」

「野郎……」

二人の三下は、麟太郎に殴り掛かった。

麟太郎は、三下の一人を殴り飛ばし、残る三下を投げ飛ばした。

三下は板壁に当たって店が揺れ、長押《なげし》に飾られていた幾つかの提灯《ちょうちん》が土間に落ちた。

痩せた初老の男が、半纏を着た地廻りたちを従えて奥から出て来た。

「何の騒ぎだ……」

痩《や》せた初老の男は、麟太郎と亀吉を睨んだ。

「お前が親方の吉兵衛か……」

麟太郎は、痩せた初老の男に笑い掛けた。

「手前……」

痩せた初老の吉兵衛は、怒りを浮かべた。

「だったら、訊く事に正直に答えるんだな」

麟太郎は、吉兵衛の怒りを無視した。

「何だと……」

「何故、遊び人の喜助に菊川春乃さんを探らせているんだ」

麟太郎は訊いた。

「う、煩《うる》せえ……」

吉兵衛は怒鳴った。

半纏を着た地廻りたちが、麟太郎と亀吉に匕首《あいくち》を抜いて襲い掛かった。

「やるか……」

麟太郎は、土間にあった心張棒《しんばりぼう》を取り、襲い掛かる地廻りたちを鋭く打ち据えた。

地廻りたちは、次々に土間に叩きつけられた。

麟太郎に容赦はなかった。

地廻りたちは、壁に飛ばされ、土間に叩き伏せられた。

障子や襖が倒れ、壁が崩れ、天井から土埃が舞い落ちた。

親方の吉兵衛は、奥に逃げようとした。

「そうはさせねえ……」

亀吉が、奥に逃げる吉兵衛の向《む》う脛《ずね》を十手《じって》で打ち払った。

吉兵衛は、悲鳴を上げて框から土間に転げ落ちた。

亀吉は、吉兵衛を素早く押さえた。

「手前の外道振りは露見しているぜ」

亀吉は、吉兵衛の腕を捩《ね》じ上げた。

吉兵衛は、嗄れ声で年甲斐《としがい》のない悲鳴をあげた。

地廻りたちは、麟太郎に痛めつけられた身体を引き摺《ず》り、我先に店から逃げ出した。

店には、亀吉に押さえられた親方の吉兵衛だけが残された。

「所詮《しょせん》は外道の地廻り、義理も人情もねえな」

亀吉は笑った。

吉兵衛は、腹立たし気に顔を歪《ゆが》めた。

「して、吉兵衛、何故、喜助に菊川春乃さんを探らせた」

麟太郎は、吉兵衛に訊いた。

「た、頼まれた。頼まれたからだ……」

吉兵衛は、悔し気に吐いた。

「頼まれた。何処の誰に……」

麟太郎は畳み掛けた。

「町医者の中原道伯《なかはらどうはく》だ」

吉兵衛は告げた。

「町医者の中原道伯……」

麟太郎は知った。

「ああ、中原道伯に十両で菊川春乃を探ってくれと頼まれたんだ……」

「何故だ……」

「良くは知らねえが、あの年増の奥方が邪魔なんだろうな」

吉兵衛は、開き直って嘲りを浮かべた。

「邪魔……」

麟太郎は眉をひそめた。

「ああ……」

「して、その中原道伯、家は何処だ……」

「浅草駒形町《こまがたちょう》だ……」

「浅草駒形町か……」

麟太郎は、菊川春乃を探る中原道伯が浅草駒形町に住む町医者だと知った。

「さあて、何の騒ぎかな……」

南町奉行所臨時廻《りんじまわ》り同心の梶原八兵衛《かじわらはちべえ》が、岡っ引の連雀町の辰五郎と入って来た。

「こりゃあ、梶原の旦那、親分……」

亀吉は迎えた。

「亀吉、木戸番の父っつあんが報せに来た時、偶々《たまたま》梶原の旦那がお見えでな……」

辰五郎は苦笑した。

「さあ、麟太郎さん、詳《くわ》しい事を話して貰おうか……」

梶原八兵衛は、麟太郎を見据えた。

「はい。御造作をお掛けします」

麟太郎は頭を下げた。


麟太郎は、梶原八兵衛と辰五郎に事の次第を話した。

亀吉は、地廻りの親方吉兵衛の外道振りを報せた。

「そうか。大番屋で叩けば、もっと埃が舞い上がるかな……」

梶原は、吉兵衛に笑い掛けた。

吉兵衛は項垂《うなだ》れた。

「よし。連雀町の、亀吉、吉兵衛を大番屋に引き立てろ」

梶原は命じた。

麟太郎は、吉兵衛を引き立てて行く梶原、辰五郎、亀吉を見送り、向島に急いだ。


行燈《あんどん》の明かりは、菊川春乃の横顔を仄《ほの》かに照らした。

「町医者の中原道伯……」

春乃は眉をひそめた。

「御存知ですか……」

麟太郎は尋ねた。

「え、ええ。昔、名を聞いた覚えがあります」

春乃は頷いた。

「そうですか。ま、此れで秘《ひそ》かに調べていたのは、浅草駒形町の町医者中原道伯だと分かりましたが、何故、調べるか心当たりはありますか……」

麟太郎は告げた。

「いいえ……」

春乃は、首を横に振った。

「じゃあ、どうします。その辺も調べてみますか……」

麟太郎は、春乃の出方を窺った。

「いえ。後は結構です」

春乃は断った。

「えっ、良いんですか……」

麟太郎は眉をひそめた。

「はい。いろいろ御造作をお掛け致しました」

春乃は、麟太郎に頭を下げた。

「はあ……」

麟太郎は頷いた。

行燈の火は、不安気に瞬《またた》いた。


おかみさんたちの洗濯の時が終わり、閻魔長屋の井戸端に静けさが訪れた。

麟太郎は、井戸端で顔を洗って着替え、木戸の傍の閻魔堂に手を合わせて地本問屋『蔦屋』に向かった。

「えっ。奥さまがもう良いと仰《おつしや》ったの……」

お蔦は、戸惑いを浮かべた。

「うん。身辺を探っている奴が中原道伯って町医者だと知ってな」

麟太郎は告げた。

「町医者の中原道伯……」

「うん。浅草駒形町に住んでいる町医者だが、聞いた事があるか……」

「いいえ……」

お蔦は、首を横に振った。

「そうか……」

「でも……」

お蔦は眉をひそめた。

「でも、どうした……」

麟太郎は、お蔦を見詰めた。

「ううん。何でもない。で、どうするの……」

お蔦は、麟太郎を見詰めた。

「どうするって、本人がもう良いと云っている限りは……」

麟太郎は苦笑した。

「そうはいかないわよ」

お蔦は、苛立《いらだ》たし気に告げた。

「えっ……」

麟太郎は戸惑った。

「分かったわ、麟太郎さん。後は私が頼むから町医者の中原道伯を調べて下さい」

「二代目……」

「それから、絵草紙の新作、中々面白いじゃあないの……」

「そうか……」

麟太郎は、顔を輝かせた。

「ええ。もう一度、熟読玩味するから、その間に中原道伯、ちょいと調べて下さいな」

お蔦は、巧妙な手を打った。

「そうか。分かった……」

麟太郎は、嬉《うれ》し気に頷いた。

大川はゆったりと流れ、様々な船が行き交っていた。

蔵前《くらまえ》の通りは大川沿いに続き、浅草御門《ごもん》から浅草広小路《ひろこうじ》を結び、公儀の米蔵浅草御蔵がある処から付いた名だった。

駒形町はその蔵前の通りの浅草寄りにあり、駒形堂を中心にした町だった。

麟太郎は、駒形堂に手を合わせて駒形町の木戸番に向かった。


「町医者の中原道伯さんですか……」

木戸番は訊き返した。

「うん。どんな医者なのかな……」

「どんなって、金持ち相手の往診が専《もっぱ》らでしてね。あっしたちのような貧乏人は相手にしないので、医者の腕の方は分かりませんね」

木戸番は苦笑した。

「そんな町医者なのか……」

麟太郎は呆れた。

「ええ……」

「して、家は何処かな」

「此の先の辻《つじ》を左に曲がった処でしてね。黒板塀《くろいたべい》を廻した料理屋みたいな大きな家ですよ」

木戸番は告げた。

「そうか。造作を掛けたね……」

麟太郎は、木戸番の指差した辻に向かった。


辻を左に曲がった処に、黒板塀を廻した料理屋のように大きな家はあった。

黒板塀の木戸門には、『本道医・中原道伯』と書かれた看板が掛けられていた。

此処《ここ》か……。

麟太郎は物陰から眺め、中原道伯の家の様子を窺った。

中原道伯の家に患者が来る事はなかった。

木戸番の云った通りだ……。

麟太郎は苦笑した。

白衣を着た医生が、町駕籠《まちかご》を呼んで来た。

中原道伯が出掛ける……。

麟太郎は読んだ。

やがて、木戸門から十徳《じっとく》を着た初老の男が現れ、待たせてあった町駕籠に乗った。

町医者の中原道伯か……。

麟太郎は見定めた。

駕籠舁《か》きは、中原道伯の乗った町駕籠を担いで蔵前通りに向かった。

医生は、薬籠《やくろう》を持って続いた。

中原道伯は往診に行くのだ。

よし……。

麟太郎は、中原道伯の乗った町駕籠を尾行た。


中原道伯の乗った町駕籠と医生は、蔵前通りを横切り、三間町《さんげんちょう》と八間町《はちけんちょう》の間の道に進んだ。

麟太郎は尾行た。

中原道伯一行は、寺町《てらまち》から新堀川《しんぼりがわ》を抜けて阿部川町《あべかわちょう》に出た。そして、阿部川町を進んで一軒の古い店の前に停まった。

中原道伯は、町駕籠を下りて古い店に入って行った。

医生は、駕籠舁きに何事かを告げ、薬籠を持って中原道伯に続いた。

駕籠舁きは、町駕籠を古い店の脇に下げた。

待たせる気だ……。

麟太郎は読み、古い店を窺った。

古い店は、『扇屋《おうぎや》・薫風堂《くんぷうどう》』と書かれた看板を掲げた老舗《しにせ》だった。

扇屋『薫風堂』は、老舗の名店らしく軒先に大名旗本家御用達の金看板が何枚も掛けられていた。

要は金持ちの患者か……。

麟太郎は苦笑し、辺りを見廻した。

斜向《はすむ》かいの瀬戸物屋の店先で小僧が掃除をしていた。

麟太郎は、掃除をしている瀬戸物屋の小僧に近付いた。

「やあ。ちょいと、訊きたい事があるんだが……」

麟太郎は、小僧に小銭を握らせた。

「何ですか……」

小僧は、戸惑いながらも渡された小銭を握り締めた。

「扇屋の薫風堂、誰か病《やまい》なのかい……」

麟太郎は、斜向かいの『薫風堂』を示した。

「ああ。お嬢さまが病だそうですよ」

「お嬢さまが……」

麟太郎は眉をひそめた。

「はい……」

「何の病かな……」

「さあ……」

小僧は、小銭を固く握りしめて首を捻った。

「そうだな……」

斜向かいのお店の小僧が、老舗のお嬢さまが何の病か知っている筈もない。

「でも、噂《うわさ》なら聞いていますよ……」

小僧は囁《ささや》いた。

「噂……」

「ええ……」

「どんな噂だ……」

「お嬢さま、恋煩《こいわずら》いだって……」

「恋煩い……」

麟太郎は、思わず笑った。

「はい……」

「相手は誰かな」

「そこ迄は……」

小僧は、首を横に振った。

「そうか……」

麟太郎は、潮時を見定めた。

扇屋『薫風堂』から医生が現れ、駕籠舁きに声を掛けた。

町駕籠は店先に出た。

中原道伯の往診が終わった。

「造作を掛けたね……」

麟太郎は、瀬戸物屋の小僧に礼を云って離れた。

中原道伯が番頭たちに見送られて『薫風堂』から現れ、町駕籠に乗り込んだ。

町駕籠は、中原道伯を乗せて下谷《したや》の方に向かった。

『薫風堂』の番頭たちと医生は見送った。

医生は供をしない……。

麟太郎は、中原道伯が往診以外の用で出掛けると読み、町駕籠を尾行た。

中原道伯の乗った町駕籠は、阿部川町から武家地を抜けて御徒町《おかちまち》に進んだ。

麟太郎は尾行た。


町駕籠は、御徒町の通りを横切って下谷練塀小路《ねりべいこうじ》に進んだ。そして、一軒の組屋敷の前に停まった。

麟太郎は、物陰から見守った。

中原道伯は、町駕籠を下りて組屋敷の木戸門を潜った。

麟太郎は、帰って行く町駕籠を見送り、道伯の入った組屋敷を眺めた。

道伯は、既《すで》に組屋敷の中に入っていた。

組屋敷の庭の隅には桃の古木があった。

誰の組屋敷だ……。

麟太郎は窺った。

道伯の入った組屋敷は、静寂の中に沈んでいた。

組屋敷の勝手口から武家女が現れ、足早に木戸門にやって来た。
あっ……。
麟太郎は、武家女の顔を見て思わず声を洩らした。
武家女は、組屋敷の木戸門を出て足早に立ち去って行った。
菊川春乃……。
麟太郎は、下谷練塀小路を足早に立ち去って行く菊川春乃を見送った。
町医者中原道伯が訪れた組屋敷には、菊川春乃が来ていたのだ。
何がどうなっているのだ……。
麟太郎は、困惑を募らせた。
下谷練塀小路には、物売りの声が長閑《のどか》に響き渡っていた。

三

下谷練塀小路にある組屋敷の主は、小普請組の御家人白坂恭之介《しらさかきようのすけ》だった。
白坂恭之介は、既に父親を亡くし、母親の静江《しずえ》と二人暮らしだった。
白坂家に病人はいなく、中原道伯は医者としてではない用件で訪れていた。

麟太郎は、界隈に出入りしている商家の手代からそれとなく聞き出した。

医者としてではない用件とは何か……。

そして、白坂家と菊川春乃とはどのような拘りなのか……。

四半刻《しはんとき》（約三十分）が過ぎた。

中原道伯が白坂屋敷から出て来た。

麟太郎は、用水桶の陰に隠れて見守った。

木戸門を出た中原道伯は、薄笑いを浮かべて白坂屋敷を一瞥《いちべつ》し、下谷広小路に向かった。

未《ま》だ何処かに行くのか……。

麟太郎は追った。


下谷広小路は多くの人で賑わっていた。

中原道伯は、広小路の雑踏を抜けて仁王門前町《におうもんぜんちょう》の料理屋『笹乃井《ささのい》』の暖簾《のれん》を潜った。

誰かと逢《あ》うのか……。

麟太郎は、中原道伯が料理屋『笹乃井』で誰かと逢うと読んだ。そして、その相手を見定めようとした。
さあて、どうする……。
麟太郎は、中原道伯が逢う相手を見定める手立てを思案した。
僅かな刻が過ぎた。
見覚えのある武家女が、料理屋『笹乃井』から仲居に見送られて出て来た。
あっ……。
麟太郎は戸惑った。
武家女は、菊川春乃だった。
菊川春乃が、中原道伯の入った料理屋『笹乃井』から出て来たのだ。
まさか……。
麟太郎は、帰って行く菊川春乃を見送る仲居に駆け寄った。
「ちょいと、訊きたいのだが……」
麟太郎は仲居に声を掛けた。
「は、はい。何か……」
仲居は、麟太郎に怪訝な眼を向けた。
「今の武家の御新造、菊川春乃さまだね」

麟太郎は尋ねた。

「はい。左様にございますが……」

仲居は頷いた。

「誰かと逢っていたのかな……」

「えっ、ええ……」

仲居は、麟太郎を胡散臭《うさんくさ》そうに見た。

面倒だ……。

麟太郎は事を急いだ。

「逢った相手、ひょっとしたら医者の中原道伯かな……」

麟太郎は、いきなり中原道伯の名を出した。

「は、はい……」

仲居は頷いた。

「やっぱり……」

麟太郎の睨みは当たった。

中原道伯は、菊川春乃と料理屋『笹乃井』で逢ったのだ。

「あの、私は此れで……」

仲居は、麟太郎に会釈をして料理屋『笹乃井』に戻って行った。

「ああ、造作を掛けた……」

麟太郎は見送った。

何故だ……。

何故、菊川春乃は中原道伯と逢ったのか……。

麟太郎は、疑念を募らせた。

料理屋『笹乃井』の店先に町駕籠が着いた。

中原道伯が女将《おかみ》と仲居に見送られて料理屋『笹乃井』から現れ、町駕籠に乗った。

又《また》、何処かに行くのか、それとも駒形町の家に帰るのか……。

町駕籠は、中原道伯を乗せて下谷広小路を浅草に向かった。

麟太郎は追った。

陽は西に大きく傾き始めた。

大川の流れに夕陽は映えた。

中原道伯の乗った町駕籠は、下谷広小路から浅草駒形町にある黒板塀の廻された家に帰った。

麟太郎は見届けた。

どうやら、此れ迄のようだ……。

麟太郎は読み、吐息を洩らした。

「何処に行っていたんですかい……」

亀吉が現れた。

「やあ、亀さん……」

麟太郎は苦笑した。


駒形堂裏にある居酒屋は賑わっていた。

麟太郎と亀吉は、隅に座って酒を飲んだ。

「へえ。中原道伯、阿部川町の扇屋薫風堂に往診に行ったんですか……」

「ええ。噂じゃあ、薫風堂のお嬢さんが恋煩いだそうですよ」

麟太郎は苦笑した。

「えっ、恋煩い……」

亀吉は驚いた。

「ま、病が何かは分かりませんが、中原道伯、金持ち相手の往診が専らの町医者だとか……」

　麟太郎は、手酌で酒を飲んだ。

「へえ、そんな町医者ですか……」

　亀吉は呆れた。

「その後、練塀小路の白坂恭之介って御家人の組屋敷に行ったんですが……」

　麟太郎は、困惑を浮かべた。

「どうかしたんですかい……」

「白坂屋敷に菊川春乃さんがいましてね」

「向島の奥さまが……」

「ええ。で、道伯に知れぬように帰っていきましてね」

「奥さまと白坂恭之介、白坂恭之介と中原道伯、どんな拘りなんですかね」

　亀吉は首を捻った。

「それから道伯、下谷は仁王門前町の笹乃井に行き、菊川春乃さんと……」

「逢ったのですか……」

　亀吉は、戸惑いを浮かべた。

「ええ。どう云う事なのか、良くわかりませんが……」

麟太郎は首を捻った。

「で、帰って来ましたか……」

「ええ……」

麟太郎は酒を飲んだ。

「一番分からないのは、菊川春乃さまと中原道伯の拘りですか……」

亀吉は眉をひそめた。

「ええ……」

「それにしても中原道伯、大店《おおだな》のお嬢さんの恋煩いも診る、金が目当ての町医者。まるで、絵草紙に出て来る町医者ですね」

亀吉は酒を飲んだ。

「絵草紙に出て来る町医者……」

麟太郎は、戸惑いを浮かべた。

「あれ、知らないんですか、今人気の絵草紙色模様浮世の恋風……」

亀吉は、麟太郎を咎《とが》めるように見た。

「色模様浮世の恋風……」

麟太郎は眉をひそめた。

「ええ。今、いろいろな歳の男と女の恋のありよう描いていましてね。その中に金が目当てで女衒《ぜげん》の真似をする町医者が出て来るんですよ」

「その町医者が中原道伯に似ているんですか……」

「ええ。名前は大原伯道《おおはらはくどう》ってんですがね」

亀吉は笑った。

「亀さん、その絵草紙の戯作者、誰かな」

「菊亭桃春って女戯作者ですよ」

「菊亭桃春……」

麟太郎は知った。

「ええ。今、大人気ですよ。同業者の閻魔堂赤鬼先生が知らないとは……」

亀吉は呆れた。

「う、うん。そうか。菊亭桃春の描いた色模様浮世の恋風か……」

麟太郎は、己《おのれ》の迂《う》闊《かつ》さと勉強不足を恥じた。

「ええ。菊亭桃春、女衒の真似をする町医者の大原伯道に、中原道伯を当てて書いているのかもしれませんぜ」

亀吉は読んだ。

「うん……」

麟太郎は頷いた。

「もしそうだとすると、菊亭桃春先生、中原道伯を知っているって事ですか……」

「きっと。そうか……」

麟太郎は、何かに気が付き、酒に満ちた猪口《ちよこ》を口元で止めた。

「どうかしましたか……」

亀吉は、麟太郎に怪訝な眼を向けた。

「亀さん。女戯作者の菊亭桃春は、向島の菊川春乃さんだ」

麟太郎は告げた。

「えっ、向島の菊川の奥さま……」

「うん。それ故、中原道伯は地廻りの吉兵衛に菊川春乃さんを見張らせた……」

麟太郎は読んだ。

「そうか……」

「して、此れ以上、不都合な事を絵草紙に書かれ、女衒の町医者の大原伯道が己だと知られるのを恐れた」

「で、今日、仁王門前町の笹乃井で逢い、話を付けようとした……」

「だが、おそらく話は付かなかった……」

麟太郎は睨んだ。

「じゃあ……」

亀吉は緊張した。

「ええ。ひょっとしたらひょっとします。亀さん、私は向島に行ってみます」

「じゃあ、あっしは……」

「阿部川町の扇屋薫風堂の娘の病が何かと、下谷練塀小路の白坂恭之介って御家人を調べてくれますか……」

麟太郎は頼んだ。

「承知……」

亀吉は頷いた。

「じゃあ……」

麟太郎は、猪口に残った酒を飲み干した。

居酒屋の賑わいは続いた。

隅田川の流れに月影は揺れた。

向島の土手道は暗く、点在する寺や大名家の下屋敷の明かりが瞬いていた。
麟太郎は、長命寺横の小川沿いの田舎道に曲がり、菊川春乃の家に急いだ。

背の高い垣根に囲まれた家には、明かりが灯されていた。
麟太郎は、背の高い垣根の内に忍び込み、台所に近寄った。
台所には明かりが灯され、老下男の鶴吉と女房の話し声が聞えた。
麟太郎は、庭や裏の納屋を検《あらた》めて背の高い垣根の外に出た。
変わった様子は窺えない……。
麟太郎は、家を囲む背の高い垣根の周囲を見廻った。
家の周囲には、不審な者はいなかった。
麟太郎は、見定めて表に廻った。

小川は月明かりに輝き、田舎道は白く浮かんでいた。
麟太郎は、菊川春乃の家の前の小川の岸辺に身を潜めた。
旗本菊川敬一郎の後家の春乃は、女戯作者の菊亭桃春に違いない。
地本問屋『蔦屋』の二代目主のお蔦は、それを知っていた筈だ。だが、お蔦は、それを麟太郎に内緒にしていた。

そして、菊亭桃春の絵草紙『色模様浮世の恋風』に描かれている町医者大原伯道が中原道伯だと気付き、身辺をうろつく遊び人を警戒して麟太郎を用心棒にしたのだ。

何も知らなかったのは、己だけだった……。

麟太郎は腐った。

だが、今人気の女戯作者の菊亭桃春の絵草紙を一冊も読んでいなかったのは確かであり、迂闊な事だった。

腐るより恥じるべきだ……。

麟太郎は、夜空を仰いで溜息を吐いた。

月は蒼白く、星は煌《きら》めいていた。

白い田舎道に人影が揺れた。

麟太郎は気が付いた。

田舎道を来る人影は二人……。

麟太郎は見定めた。

二人の人影は、侍の形《なり》をしていた。

中原道伯に金で雇われた食詰め浪人……。

麟太郎は睨み、二人の浪人を見守った。

二人の浪人は、背の高い垣根を見上げながらやって来た。

「此処だな……」

「ああ……」

二人の浪人は、手拭いで頬被《ほおかぶ》りをして背の高い木戸門を抉《こ》じ開けようとした。

「おい……」

麟太郎は、二人の浪人に背後から声を掛けた。

二人の浪人は驚き、弾かれたように振り返った。

「町医者の中原道伯に金で雇われての人殺しか……」

麟太郎は嘲笑《ちょうしょう》した。

「何だ、手前……」

二人の浪人は、刀を握り締めて身構えた。

「やるか、人殺し……」

麟太郎は身構えた。

「黙れ……」

浪人の一人が斬り掛かった。

麟太郎は躱《かわ》した。

斬り掛かった浪人は、麟太郎と交錯した。

麟太郎は、交錯した浪人の尻を鋭く蹴り飛ばした。

尻を蹴り飛ばされた浪人は、踏鞴《たたら》を踏んで小川に落ちた。

水飛沫《みずしぶき》が月明かりに煌めいた。

麟太郎は振り向き、残る浪人に笑い掛けた。

「お、おのれ……」

残る浪人は声を震わせた。

「お前もやるか……」

麟太郎は踏み込んだ。

残る浪人は後退《あとずさ》りした。

「俺と一緒に町奉行所に行ってもらおう」

麟太郎は、残る浪人を捕まえようと手を伸ばした。

次の瞬間、残る浪人は身を翻して猛然と逃げ出した。

「おい。待て……」

麟太郎は慌てた。

残る浪人は、田舎道を猛然と逃げた。

驚く程に早い逃げ足……。

麟太郎は、呆気《あっけ》に取られた。

残る浪人は逃げ去り、田舎道には土埃が夜目にも鮮やかに舞い上がった。

麟太郎は小川を覗いた。

小川にも浪人はいなく、月影が流れに揺れているだけだった。


浅草駒形町の町医者中原道伯の家には訪れる患者もいなく、静けさに満ちていた。

金持ちの往診を専らとする町医者……。

亀吉は苦笑し、駒形町の自身番を訪れた。

「中原道伯さんかい……」

自身番の店番は、微《かす》かな嘲りを浮かべた。

「ええ。どんなお人ですか……」

亀吉は尋ねた。

「中原道伯さん、元は旗本の部屋住みでね。養子や婿《むこ》入りの口もなく、医者になったそうだよ」

「元は旗本ですか……」

「ええ。で、今は金が目当ての町医者だよ」

店番は、どうやら中原道伯が嫌いなようで、微かな嫌悪を過《よぎ》らせた。

「評判、余り良くありませんね」

亀吉は苦笑した。

「ああ。高い薬を売り付け、今は金持ちの倅《せがれ》や娘の縁談の口利きや、大店の旦那や御隠居に妾《めかけ》の世話をして荒稼ぎしているって噂でね。ま。色模様浮世の恋風に出て来る女衒の町医者大原伯道のような奴だよ」

店番は、蔑《さげす》みと侮《あざけ》りを過らせた。

「へえ、大原伯道ですかい……」

亀吉は、店番が絵草紙の『色模様浮世の恋風』を読んでいるのに苦笑した。

何れにしろ、中原道伯は旗本の部屋住みから町医者になった金に汚い男なのだ。

亀吉は、その足で阿部川町の扇屋『薫風堂』に向かった。

扇屋『薫風堂』は、老舗らしく落ち着いた雰囲気の店であり、客も武家や寺社の者が多かった。

亀吉は、奉公人たちを見守り、使いに出た手代を追った。

手代は、風呂敷包みを担いで新寺町に向かった。

亀吉は追った。

手代は、新寺町に連なる寺の一軒を訪れて注文された白扇などを納めた。

亀吉は、帰り道の手代を呼び止めた。

手代は、怪訝な面持ちで振り返った。

亀吉は、懐の十手を見せて素早く小銭を握らせた。

「ちょいと訊きたい事があってね……」

亀吉は笑い掛けた。

「は、はい……」

手代は、小銭を握り締めた。

「薫風堂のお嬢さん、病で中原道伯先生の往診を受けているそうだね」

「え、ええ……」

手代は頷いた。

「詳しい事、教えて貰えるかな……」

「いいですよ」

手代は苦笑した。

扇屋『薫風堂』の娘のおゆりは、二十六歳になる惚《ほ》れっぽい行き遅れだった。

その娘のおゆりが、町医者中原道伯の患者だった。

中原道伯は、おゆりの病を気鬱《きうつ》と診立《みた》てた。そして、その原因が若い御家人に対する片思い、恋煩いだと知った。

「それで中原道伯先生、礼金目当てに若い御家人を口説《くど》きに掛かり始めましてね。ですが、何と云っても、お嬢さんは惚れっぽい行き遅れ、話は上手《うま》く進みませんよ」

手代は、嘲りを浮かべた。

「それはそれは。で、その若い御家人、ひょっとしたら白坂恭之介さんって方じゃあないのかな」

亀吉は睨んだ。

「ええ。そうですが、良く御存知で……」

手代は頷いた。

「やっぱりな……」

扇屋『薫風堂』の娘おゆりの恋煩いの相手は、御家人白坂恭之介だった。

「ですが中原道伯先生、礼金欲しさに白坂さんをしつこく口説き続けて……」

手代は呆れた。

「へえ、そうなんだ……」

亀吉は苦笑した。


向島の緑の田畑には、隅田川からの風が涼やかに吹き抜けていた。

麟太郎は、長命寺前の茶店で茶を飲みながら菊川春乃の家に続く田舎道を行く者を見張っていた。だが、田舎道を行く不審な者はいなかった。

来るとしたら、やはり夜か……。

麟太郎は、想いを巡らせた。

向島の土手道を来る者の中に亀吉がいた。

「亀さんだ……」

麟太郎は気が付き、茶店の老亭主に新しい茶を頼んだ。

四

麟太郎は、亀吉から町医者中原道伯の素性と扇屋『薫風堂』の娘おゆりの恋煩いの相手が御家人の白坂恭之介だと知らされた。

「やはり、そんな処でしたか……」

麟太郎は頷いた。

「ええ。中原道伯、礼金欲しさにその気のない白坂恭之介さんをしつこく口説いているそうですよ」

亀吉は笑った。

「中原道伯、白坂さんをどんな風に口説いているのかな……」

「ま、金に汚い中原道伯です。きっと、ちょいと遊んでやれば大金が手に入るとか云ってんですよ」

亀吉は読んだ。

「そんな処ですかね」

麟太郎は、亀吉の読みに頷いた。

「だけど、白坂恭之介は頷かない……」

「そして、女戯作者の菊亭桃春がそれを知り、絵草紙に書いた……」

麟太郎は読んだ。

おそらく、菊川春乃こと女戯作者菊亭桃春は、中原道伯に止めるように忠告した。

だが、中原道伯は止めず、菊亭桃春は絵草紙にそっくりな町医者を書いた。

中原道伯は驚き、己の正体が世間に広まるのを恐れた。

「で、昨夜、浪人が二人、押し込んで菊亭桃春の口を封じようとしましたか……」

亀吉は読んだ。

「ええ。捕えて中原道伯に雇われての事だと吐かせようと思ったんですがね。逃げられましたよ」

麟太郎は苦笑した。

「今夜も来ますかね……」

「ま、昨日の今日です。来ないかもしれませんが、見張ってみますよ」

麟太郎は、眼を細めて隅田川を眺めた。

隅田川の流れは煌めいた。

それにしても、女戯作者菊亭桃春こと菊川春乃と御家人白坂恭之介はどのような拘りなのだ……。

麟太郎は、疑念を募らせた。

隅田川からの涼風は、麟太郎の鬢の解れ毛を揺らした。

翌朝、隅田川には荷船が行き交っていた。
麟太郎は、長命寺前の茶店で隅田川を眺めながら茶漬けを食べた。
前夜、菊川春乃の家に不審な者は現れなかった。
何事もなくて何より……。
麟太郎が茶漬けを食べ終えた時、小川沿いの田舎道から菊川春乃が出て来た。
麟太郎は、咄嗟《とっさ》に身を潜めた。
菊川春乃は、小さな風呂敷包みを抱え、向島の土手道を吾妻橋に向かった。
よし……。
麟太郎は、茶漬け代を払い、塗笠《ぬりがさ》を買って菊川春乃を追った。
隅田川に架かる吾妻橋は、浅草広小路と北本所《きたほんじょ》を結び、多くの人が行き交っていた。
麟太郎は、菊川春乃の後を尾行た。
菊川春乃は、吾妻橋に上がって浅草広小路に向かった。
吾妻橋の東詰《ひがしづめ》にいた二人の浪人が、菊川春乃の後に続いた。
先夜の浪人共《ども》……。

麟太郎は、二人の浪人が菊川春乃を襲おうとしたものたちだと気が付いた。
懲《こ》りずに、又現れたか……。
麟太郎は苦笑し、菊川春乃を尾行る二人の浪人に続いた。

浅草広小路は、金龍山浅草寺《きんりゅうざんせんそうじ》の参拝客などで賑わっていた。
菊川春乃は、浅草広小路の雑踏を西の東本願寺《ひがしほんがんじ》に向かった。
二人の浪人は、菊川春乃を追った。
麟太郎は続いた。
菊川春乃は、東本願寺の門前を抜けて新堀川沿いの道を南に曲がった。
二人の浪人は追い、麟太郎は続いた。
此のまま進めば、扇屋『薫風堂』のある阿部川町になる。
薫風堂に行くのか……。
麟太郎は読んだ。
もし、行くなら何用だ……。
麟太郎は戸惑った。
菊川春乃は、新堀川沿いの道から阿部川町に入った。

やはり、扇屋薫風堂だ……。
麟太郎は読んだ。
扇屋『薫風堂』には客が出入りしていた。
菊川春乃は、扇屋『薫風堂』の前で息を整えて暖簾を潜った。
二人の浪人は見送った。
麟太郎は、物陰から見守った。
菊川春乃は、何しに薫風堂に来たのか……。
麟太郎は、知る手立てを思案した。
しかし、手立てが思い浮かばず、四半刻が過ぎた。
扇屋『薫風堂』から菊川春乃が出て来た。
春乃は、小さな笑みを浮かべて扇屋『薫風堂』を一瞥し、新堀川に向かった。
二人の浪人は、菊川春乃を再び尾行始めた。
麟太郎は追った。
新堀川沿いの道に人通りはなかった。

菊川春乃は、来た道を戻り始めた。

二人の浪人は、菊川春乃に駆け寄った。

麟太郎は走った。


菊川春乃は、胸元の懐剣を握り締めて駆け寄った二人の浪人を見据えた。

「何用ですか……」

「薫風堂に何しに行った……」

浪人の一人が春乃に迫った。

「そなたたちには拘りありません」

春乃は突き放した。

「云え。云わねば……」

浪人は、刀を握り締めた。

「薫風堂の主に町医者中原道伯は偽《いつわ》りを云っている。御家人の白坂恭之介どのは、娘のおゆりさんに何の気もないとな……」

春乃は笑った。

「おのれ。邪魔ばかりをしおって……」

二人の浪人は、春乃に摑《つか》み掛かった。
「何をします。無礼者……」
春乃は抗った。
「煩い、一緒に来て貰う」
二人の浪人は、春乃を捕まえて連れ去ろうとした。
刹那《せつな》、浪人の一人が春乃から引き離されて宙を舞った。
麟太郎は、浪人を投げ飛ばして地面に叩きつけ、鳩尾《みぞおち》に拳《こぶし》を叩き込んだ。
浪人は気を失った。
もう一人の浪人は、慌てて身を翻して逃げた。
麟太郎は、石を拾って逃げた浪人に投げた。
石は飛び、逃げる浪人の後頭部に当たった。
鈍い音が鳴り、浪人は前のめりに倒れた。
麟太郎は駆け寄り、当身を食らわせた。
浪人は気を失った。
「青山さま……」
春乃は、安堵《あんど》と戸惑いを交錯させた。

「やあ。怪我はありませんか……」

「は、はい……」

「そいつは何より……」

麟太郎は笑った。

麟太郎は、二人の浪人を縛り上げて自身番に引立て、南町奉行所臨時廻り同心の梶原八兵衛と岡っ引の連雀町の辰五郎に報せてくれと頼んだ。

自身番の番人が走った。

麟太郎は、自身番の三畳の板の間の鉄環《てっかん》に繋《つな》いだ二人の浪人の許に行った。

「さあて、押し込みの次は勾引《かどわかし》か……」

二人の浪人は、悔し気に顔を歪めた。

「ま、良い。此れから南町の同心の旦那が来る。何もかも素直に吐くんだな」

麟太郎は苦笑した。

辰五郎と亀吉が駆け付け、南町奉行所臨時廻り同心の梶原八兵衛がやって来た。

「やあ。此の前の続きかな」

梶原は苦笑した。

「はい……」

麟太郎は、事の次第を詳しく話した。

「押し込みの次は勾引、すべて町医者の中原道伯の指図なんだな」

「ええ。ですが、二人共、吐かないんですよ」

麟太郎は、苛立たし気に告げた。

「よし、任せて貰おう」

梶原は冷笑し、二人の浪人を容赦なく責めた。

二人の浪人は諦め、町医者中原道伯に金で雇われ、菊川春乃を勾引して殺そうとした事を白状した。

「よし。連雀町の、二人を大番屋に引き立て、牢に叩き込んでくれ」

「承知しました……」

辰五郎は頷いた。

「亀吉、町医者の中原道伯をお縄にするぜ」

「はい……」

「梶原さん、私も行って良いですか……」

「ああ……」

梶原は頷いた。

「ありがたい。お手伝いします」

麟太郎は張り切った。


駒形町の中原道伯の家は、黒板塀の木戸門を閉めていた。

梶原八兵衛は、亀吉と麟太郎を伴って中原道伯の家に踏み込んだ。

「中原道伯、菊川春乃を殺せと二人の浪人に命じた事は露見したよ」

梶原は、十手を突き付けた。

中原道伯は、咄嗟に逃げようとした。

「野郎……」

亀吉が飛び掛かった。

中原は、刀を横薙《よこな》ぎに抜き払った。

亀吉は、転がって辛うじて躱した。

麟太郎は、中原の懐に飛び込み、刀を握る腕を掴んだ。

「亀さん……」

麟太郎は叫んだ。

亀吉は、麟太郎が押さえた中原の刀を握る腕を十手で厳しく打ち据えた。

中原は、悲鳴を上げて刀を落とした。

麟太郎は、中原を殴り倒した。

亀吉は、素早く馬乗りになって捕り縄を打った。

「中原道伯、礼金目当ての女衒の真似も此れ迄だ」

梶原は笑った。

「さあ、立て……」

麟太郎は、中原道伯を引き摺り立たせた。


町奉行の役宅は町奉行所内にある。

南町奉行の根岸肥前守《ねぎしひぜんのかみ》の役宅は、南町奉行所内にあった。

肥前守は、臨時廻り同心の梶原八兵衛の報告書を読み終えた、

「町医者の中原道伯か……」

「はい。旗本の中原兵部《ひょうぶ》さまの三男で部屋住みだった者です」

控えていた内与力《うちよりき》の正木《まさき》平九郎《へいくろう》が告げた。

「うむ。女戯作者の菊亭桃春こと菊川春乃を邪魔者として殺そうとしたか……」

「はい。己の行状を絵草紙に書かれ、悪評が広まるのを恐れての企みだそうです」

平九郎は告げた。

「愚かな奴だ……」

「はい……」

「して、此の一件に麟太郎も絡んでいるのだな……」

「左様にございます」

「相変わらず忙しい奴だな」

肥前守は苦笑した。

「はい。麟太郎どの、同業の女戯作者菊亭桃春を助けた事になります」

「うむ。その女戯作者、売れているのか……」

「畏《おそ》れながら戯作者閻魔堂赤鬼よりは……」

平九郎は、云い難そうに告げた。

「そうか。閻魔堂赤鬼、己より売れている戯作者を助けたか……」

「はい……」

「麟太郎らしいな……」

肥前守は笑った。

町医者中原道伯は死罪に処せられ、女戯作者菊亭桃春を狙った企ては阻止された。

しかし、麟太郎には分からない事があった。

何故、女戯作者の菊亭桃春は、町医者中原道伯の所業を知り、絵草紙に書いたのかだ。

何故だ……。

麟太郎の疑念は募った。

地本問屋『蔦屋』の二代目お蔦は、麟太郎に角樽《つのだる》と懐紙包みを差し出した。

「菊亭桃春先生からのお礼ですよ」

「そうか、ありがたく……」

麟太郎は、角樽と懐紙包みの礼金を受け取った。

「それにしても、菊亭桃春、何故、中原道伯の所業を知ったのかな……」

麟太郎は首を捻った。

「さあ、何故かしらね……」

お蔦は、麟太郎を冷ややかに一瞥した。

「二代目も分からぬか……」

「それより、絵草紙の原稿ですが、主人公と想い人の拘り、もう少し色っぽく書けないかしら……」

「色っぽく……」

「ええ。そこだけなんだけど、無理かな、閻魔堂赤鬼には……」

お蔦は、麟太郎に探る眼を向けた。

「分かった、やってみる……」

麟太郎は、原稿を受け取った。

「菊亭桃春さん迄とは云いませんが、それなりにね」

「うん。それにしても菊亭桃春、何故、そんなに色っぽいのかな……」

麟太郎は首を捻った。

「そりゃあ、そうですよ」

お蔦は苦笑した。

「二代目、何か知っているのか……」

麟太郎は、身を乗り出した。

「それより、書き直し、出来るだけ早くお願いしますよ」

「分かった。任せてくれ」


麟太郎は、絵草紙の原稿を手にし、張り切って帰って行った。

「ほんと。朴念仁《ぼくねんじん》なんだから……」

お蔦は苦笑した。

麟太郎は、絵草紙の原稿の書き直しを終えて亀吉と逢い、己の疑念を告げた。

「ああ。菊亭桃春さんがどうして町医者の中原道伯の所業を知ったかですか……」

亀吉は笑った。

「亀さん、知っているのか……」

麟太郎は戸惑った。

「きっと、御家人の白坂恭之介さんから聞いたんですよ」

亀吉は読んだ。

「白坂恭之介から……」

「ええ。菊亭桃春こと菊川春乃さまの実家は下谷練塀小路で白坂さんの隣の組屋敷だったそうでしてね。春乃さまは恭之介さんを弟のように可愛がっていたそうですよ」

亀吉は告げた。

「へえ、そんな拘りだったのか……」

「ええ。ですから、きっと……」

「白坂恭之介から聞いたか……」

麟太郎は知った。

御家人の白坂恭之介は、中原道伯から扇屋『薫風堂』の娘おゆりとの縁談を持ち込まれ、しつこく口説かれ、菊川春乃に相談でもしたのだ。

菊川春乃こと女戯作者菊亭桃春は、それを聞いて絵草紙に書いたのだ。

「そう云う事か……」

麟太郎は頷いた。だが、何かしっくりしなかった。

だが、ま、良い……。

麟太郎は、亀吉と酒を飲み始めた。


不忍池《しのばずのいけ》には微風が吹き抜けていた。

麟太郎は、次に書く絵草紙の題材を探して不忍池を訪れ、畔《ほとり》の茶店で茶を飲んでいた。

畔の小道を着流しの武士と武家の女が手を握り合い、身を寄せ合ってやって来た。

うん……。

麟太郎は眉をひそめ、素早く茶店の奥に身を隠した。

若い着流しの武士と茶店の前を通り過ぎて行く武家の女は年増であり、女戯作者菊亭桃春こと菊川春乃だった。

菊川春乃……。

そして、着流しの武士は、おそらく白坂恭之介なのだ。

麟太郎は、二人の行く先を見た。

菊川春乃と白坂恭之介は、雑木林の奥の曖昧宿《あいまいやど》に入って行った。

そう云う事か……。

麟太郎は、漸く胸の痞《つか》えが下りた思いだった。

「やっと気が付いたの……」

お蔦は呆れた。

「う、うん……」

麟太郎は、恥ずかしそうに頷いた。

「幾ら年増の後家でも、恋をしていなきゃあ、あんな色っぽい話なんか書けはしないわよ」

お蔦は、蔑むように笑った。

「そうか……」

「ええ。そうじゃあなかったら、白坂恭之介さまに縁談を持ち込んだ町医者の中原道伯を目の敵《かたき》にして、絵草紙に書きはしないわよ。うん……」

お蔦は、己の言葉に頷いた。

「成《な》る程《ほど》な……」

麟太郎は、お蔦の睨みに感心した。

「ええ。本当に色恋沙汰《ざた》に疎《うと》い野暮天《やぼてん》ですよ」

お蔦は、麟太郎をまじまじと見て苦笑した。

「野暮天か……」

麟太郎は、己の野暮さに苦笑し、出されていた茶を飲んだ。

茶は、お蔦と同じように冷たかった。

第二話　向島《むこうじま》心中

一

閻魔《えんま》長屋の井戸端は、洗濯をするおかみさんたちのお喋《しゃべ》りと、遊ぶ幼子《おさなご》たちの歓声で賑《にぎ》やかだった。

「未《ま》だか……」

戯作者《げさくしゃ》閻魔堂赤鬼《あかおに》こと青山麟太郎《あおやまりんたろう》は、頭から蒲団《ふとん》を被《かぶ》って二度寝に入った。

刻《とき》が過ぎた。

麟太郎が二度寝から眼を覚ました時、既《すで》に井戸端は静かになっていた。

起きるか……。

麟太郎は、蒲団を蹴飛ばして跳ね起きた。

井戸端で水を浴び、歯を磨き、顔を洗う……。

麟太郎は、手早く済ませて着替え、閻魔長屋の自宅を出た。

閻魔長屋の木戸の傍《そば》には閻魔堂があり、麟太郎は手を合わせた。

「新発売の絵草紙が売れますように……」

麟太郎は、閻魔堂に手を合わせて胸の内で念じた。

よし……。

麟太郎は、通 油 町《とおりあぶらちょう》の地本《じほん》問屋『蔦屋《つたや》』に向かった。


地本問屋『蔦屋』には客が出入りしていた。

麟太郎は、店先の掃除をしていた小僧を呼んだ。

「お早うございます。赤鬼先生……」

小僧は笑った。

「売れ行き、どうかな……」

麟太郎は訊《き》いた。

「良いんじゃあないですか……」

「そうか。良いか……」

麟太郎は、声を弾ませた。

「ええ。滝沢光斎《たきざわこうさい》と菊亭桃春《きくていとうしゅん》の両先生に続いての売れ行きですよ」

「滝沢光斎と菊亭桃春の次……」

麟太郎は落胆した。

「ええ。でも、閻魔堂赤鬼先生にしては上等、良い売れ行きですよ」

小僧は頷《うなず》き、笑った。

「まあ、そう云《い》えばそうだが……」

麟太郎は、不満げな面持ちで頷いた。

「さあ。旦那さまがお待ちですよ……」

小僧は、再び掃除を始めた。

「そうか、じゃあな……」

麟太郎は、客で賑わう店の横手から地本問屋『蔦屋』に入った。


「こりゃあ、赤鬼先生……」

番頭の幸兵衛《こうべえ》が、麟太郎を迎えた。

「番頭さん、二代目は……」

「お待ちかねですよ」

「心得た……」

　麟太郎は、母屋の居間に向かった。


「どうぞ……」

　お蔦《つた》は、麟太郎に茶を差し出した。

「うん。して、用とは……」

　麟太郎は茶を啜《すす》った。

「それなんですけどね。菊亭桃春先生、様子がおかしいんですよ」

　お蔦は眉《まゆ》をひそめた。

「菊亭桃春の様子がおかしい……」

　麟太郎は、戸惑いを浮かべた。

「ええ……」

「そんな事はないだろう。五歳も年下の白坂恭之介《しらさかきょうのすけ》と楽しくやっているんだから……」

　麟太郎は苦笑した。

「でも、おかしいのよ、本当に……」

お蔦は、微《かす》かに苛立《いらだ》った。

「おかしいって、どんな風に……」

「何だか妙に沈んでいてね、書く絵草紙も色気がなくて弾まないのよ」

お蔦は心配した。

「へえ、そうなんだ……」

「ええ……」

「何処《どこ》か、身体《からだ》の具合でも悪いんじゃあないのか……」

麟太郎は首を捻《ひね》った。

「病《やまい》……」

「うん。違うかな……」

「さあ。ちょいと調べてみてくれない」

お蔦は、麟太郎を見詰《みつ》めた。

「えっ……」

麟太郎は、慌《あわ》てて茶を飲み込んだ。

喉《のど》が鳴った。

「菊亭桃春を調べるのか……」

「ええ。お願い、手間賃、弾むから……」

お蔦は、麟太郎に手を合わせた。

「そうかあ、弾むかあ……」

麟太郎は、手間賃に期待してだらしのない笑みを浮かべた。


昼前の蕎麦屋《そばや》は空いていた。

麟太郎は、朝昼兼用の盛り蕎麦二枚を手繰《たぐ》り、向島《むこうじま》に向かった。

両国広小路《りょうごくひろこうじ》から蔵前《くらまえ》通りを抜けて浅草《あさくさ》広小路。そして、隅田川《すみだがわ》に架《か》かっている吾妻橋《あづまばし》を渡って向島……。

麟太郎は、吾妻橋を渡って水戸《みと》藩江戸下屋敷の前を抜け、向島の土手道を進んだ。

向島の土手道には隅田川からの風が吹き抜け、桜並木の緑の葉を揺らしていた。

麟太郎は、土手道から長命寺《ちょうめいじ》横の小川沿いの田舎道に曲がった。

田舎道の先に、女戯作者の菊亭桃春こと菊川春乃《きくかわはるの》の家がある。

麟太郎は、辺りに不審な事がないか窺いながら田舎道を進んだ。

辺りに不審な事もなく、背の高い垣根を廻《まわ》した家が見えて来た。

女戯作者菊亭桃春こと菊川春乃の家だ。

麟太郎は、菊川春乃の家の背の高い垣根の内を窺った。

垣根の内に変わった様子はなく。老下男の鶴吉《つるきち》が井戸端で野菜を洗っていた。

変わりはない……。

麟太郎は、菊川春乃の家に変わりはないと見極め、田舎道を土手道に戻った。

長命寺門前の茶店には、名物の桜餅《さくらもち》を楽しむ客がいた。

「邪魔をする……」

麟太郎は、茶店の暖簾《のれん》を潜《くぐ》った。

「こりゃあ、珍しい……」

茶店の老亭主は、麟太郎を笑顔で迎えた。

「やあ、久し振り。茶を貰《もら》おうか……」

麟太郎は注文した。

「おや。茶漬けでなくていいのかい……」

老亭主は、麟太郎が朝飯に茶漬けを頼んでいたのを覚えていた。

「うん……」

麟太郎は苦笑し、縁台に腰掛けて土手道の向こうの隅田川を眺めた。

隅田川には様々な船が行き交っていた。

「お待ちどおさま……」

老亭主が茶を持って来た。

「おう……」

麟太郎は茶を飲んだ。

「今日も桃春先生の処に来たのかい……」

老亭主は話し掛けて来た。

「うん。父《と》っつあん、桃春先生の家に近頃何か変わった事はなかったかな……」

麟太郎は訊いた。

「変わった事……」

老亭主は訊き返した。

「ああ……」

「さあて、見た処《ところ》は何もないし。鶴吉っつあんも別に何も云っちゃあいないが……」

老亭主は首を捻った。

「そうか……」

「ああ……」

「ならば近頃、桃春先生を見掛けるかな……」

「そう云えば、近頃は見掛けないな。以前は良く土手を散歩していたんだけど……」

「近頃は見掛けないか……」

「ああ……」

老亭主は頷いた。

「そうか……」

妙に沈んでいる……。

お蔦の心配は当たっているのかもしれない。

菊亭桃春こと菊川春乃が沈んでいるとしたら、情を交わしている相手の御家人白坂恭之介はどうなのだ。

麟太郎は思いを巡らせた。

菊川春乃は、白坂恭之介の身に何かが起こって沈んでいるのかもしれない。

よし……。

麟太郎は、下谷《したや》練塀《ねりべい》小路の白坂恭之介の組屋敷に行ってみる事にした。

下谷練塀小路には、物売りの声が長閑《のどか》に響いていた。

麟太郎は、連なる組屋敷の間を通り、白坂恭之介の組屋敷を眺めた。

菊川春乃の情人白坂恭之介は、老母の静江《しずえ》と二人暮らしであり、組屋敷は静けさに満ちていた。

変わった様子は窺えない……。

麟太郎は見定めた。

半纏《はんてん》を着た男が、軽い足取りで練塀小路をやって来た。

遊び人か……。

麟太郎は、何気ない様子で物陰に入った。

半纏を着た男は、白坂屋敷の木戸門を慣れた様子で開けて入って行った。

麟太郎は、微かな戸惑いを覚えた。

白坂恭之介は、遊び人と付き合うような者には思えなかった。

僅《わず》かな刻が過ぎた。

白坂屋敷から恭之介と半纏を着た男が現れ、親し気に言葉を交わしながら下谷広小路に向かった。

只《ただ》の知り合いじゃない……。

麟太郎は睨《にら》み、恭之介と半纏を着た男を追った。

下谷広小路は、東叡山寛永寺《とうえいざんかんえいじ》や不忍池《しのばずのいけ》の弁財天《べんざいてん》の参拝客で賑わっていた。

白坂恭之介と半纏を着た男は、下谷広小路の雑踏を横切り、湯島天神《ゆしまてんじん》裏門坂道に向かった。

麟太郎は尾行《つけ》た。

恭之介と半纏を着た男は、湯島天神裏門坂道から明神下《みょうじんした》の通りに進んだ。

此《こ》のまま進めば神田《かんだ》明神に昌平橋《しょうへいばし》だ。

神田明神か……。

麟太郎は、恭之介と半纏を着た男の行き先を読んだ。

神田明神は参拝客で賑わっていた。

白坂恭之介と半纏を着た男は、神田明神門前町《もんぜんちょう》にある一膳飯屋の暖簾を潜った。

麟太郎は見届けた。

一膳飯屋で誰かと逢うのか……。

麟太郎は、一膳飯屋に入るかどうか迷ったが、暖簾を潜った。

「いらっしゃいませ……」

一膳飯屋の亭主は、麟太郎を迎えた。

「おう。酒を貰おうか……」

麟太郎は、戸口の傍に座って酒を注文して店の奥を見た。

白坂恭之介と半纏を着た男は、二人の武士と酒を飲みながら何事か話し込んでいた。

「お待ちどおさま……」

亭主が酒を持って来た。

「亭主、あの侍たちと一緒の遊び人、亀吉《かめきち》だったかな。釣りは無用だ……」

麟太郎は、亭主に酒代以上の金を渡しながら小声で訊いた。

「いや。猪吉《いのきち》ですぜ……」

「遊び人の猪吉か……」

「ええ、騙《かた》り紛《まが》いの陸《ろく》でなし……」

「二人の武士は……」

「何処かの大身《たいしん》旗本の家来のようですぜ」

「そうか……」

麟太郎は頷いた。

「親父、酒を頼む……」

猪吉が叫んだ。

「おう。じゃあ……」

一膳飯屋の亭主は、渡された金を握り締めて板場に戻って行った。

半纏を着た男は遊び人の猪吉……。

逢っている二人の武士は大身旗本の家来……。

麟太郎は知った。

恭之介と猪吉は、二人の武士と何を話しているのか……。

麟太郎は、白坂恭之介と猪吉を窺いながら徳利《とっくり》の酒を飲んだ。

刻が過ぎた。

白坂恭之介たちの話の内容は分からない。

潮時だ。

「じゃあな、亭主……」

麟太郎は、一膳飯屋を出た。

四半刻《しはんとき》（約三十分）が過ぎた。

一膳飯屋から白坂恭之介と遊び人の猪吉が出て来た。

二人は、神田明神門前町から明神下の通りに向かった。

麟太郎が物陰から現れ、恭之介と猪吉を追った。

白坂恭之介は、遊び人の猪吉と何をしているのか……。

ひょっとしたら、恭之介のやっている事が菊亭桃春こと菊川春乃を沈み込ませているのかもしれない。

麟太郎は、恭之介のやっている事を突き止める事にした。


神田川の流れは煌《きら》めいていた。

恭之介と猪吉は、神田川に架かっている昌平橋を渡った。

麟太郎は尾行た。

恭之介と猪吉は、神田八《や》つ小路《こうじ》を通って淡路坂《あわじざか》に向かった。

麟太郎は追った。

「何、してんです……」

亀吉が背後に現れた。

「亀さん……」

麟太郎は、亀吉の親分辰五郎《たつごろう》の家のある連雀《れんじやく》町《ちよう》が近いのに気が付いた。

「尾行ている相手は白坂恭之介さんと遊び人ですか……」

亀吉は、前を行く恭之介と猪吉を見据《みす》えて囁《ささや》いた。

「ええ……」

麟太郎は頷いた。

「仔細《しさい》は後で訊きます。退《さ》がって下さい」

亀吉は、尾行を交代した。

「助かる……」

麟太郎は退がり、恭之介と猪吉を尾行る亀吉に続いた。


淡路坂を上がると、駿河台《するがだい》の旗本屋敷が連なっている。

白坂恭之介は、遊び人の猪吉を太田姫稲荷《おおたひめいなり》の境内に待たせ、南に曲がった処にある旗本屋敷に近付いた。そして、閉められている表門脇の潜り戸を叩《たた》いた。

潜り戸が開き、恭之介は旗本屋敷の中に入った。

麟太郎と亀吉は見届けた。

「さあて、白坂恭之介さん。誰の屋敷に何しに来たのか……」

亀吉は笑った。

「遊び人の猪吉、締め上げてみますか……」

麟太郎は腕を捲《まく》った。

「そいつは、未だ早いんじゃあないかな」

「じゃあ、どうします」

「あっしが誰の旗本屋敷か調べて来ます。麟太郎さんは猪吉の野郎の見張りを……」

「心得た……」

麟太郎は頷いた。

「じゃあ……」

亀吉は、旗本屋敷の連なりに走り去った。

麟太郎は見送り、太田姫稲荷の境内の茶店を眺めた。

遊び人の猪吉は、茶店の縁台に腰掛けて茶を飲んでいた。

よし……。

麟太郎は、太田姫稲荷の境内の茶店に向かった。

「茶を頼む……」

麟太郎は、茶店の老婆に茶を注文して猪吉の隣に腰掛けた。

猪吉は、白坂恭之介が訪れた旗本屋敷を眺めながら茶を啜っていた。

「お待ちどおさまでした」

茶店の老婆が、麟太郎に茶を持って来た。

「うん……」

麟太郎は茶を飲んだ。

猪吉は、旗本屋敷を眺めながら欠伸《あくび》をした。

「誰かを待っているのか……」

麟太郎は、猪吉に笑い掛けた。

「え、ええ。まあ……」

猪吉は、戸惑ったような笑みを浮かべた。

「何処かの旗本の若さまのお供で賭場か飲み屋か、女郎屋か……」

麟太郎は、笑いながら鎌を掛けた。

「それなら楽で良いんですがね」

猪吉は苦笑した。

「ほう。違うのか……」

麟太郎は惚《とぼ》けた。

「ええ。ちょいとした知り合いが危ない橋を渡っている手伝いをね……」

猪吉は苦笑した。

「ほう。危ない橋を渡っている手伝いか……」

麟太郎は訊き返した。

「ええ……」

猪吉は頷いた。

「そいつは、金になるだろう」

麟太郎は、羨《うらや》ましそうに笑った。

「ええ。まあね」

猪吉は、狡猾《こうかつ》な笑みを浮かべた。

白坂恭之介は、何か危ない橋を渡っているのだ。

菊川春乃が沈んでいる原因は、その辺りにあるのかもしれない。

鱗太郎は、亀吉が旗本屋敷の連なりをやって来るのに気が付いた。

「さあて、行くか。婆さん、茶代を置いておくぞ……」

鱗太郎は、縁台に茶代を置いて立ち上がった。

「危ない橋、渡るだけの甲斐《かい》があると良いな」

鱗太郎は、猪吉に笑い掛けて太田姫稲荷の境内を出て行った。


鱗太郎と亀吉は、恭之介の入った旗本屋敷と猪吉の両方が見える処で落ち合った。

「ええ。宗方図書《むなかたずしょ》って小普請《こぶしん》組支配の屋敷でしたよ」

「分かりましたか……」

亀吉は告げた。

「小普請組支配の宗方図書……」

「ええ。白坂恭之介さん、無役の旗本御家人を役目に推挙する小普請組支配の処に出入りして役目に就こうとしてんですかね」

亀吉は、小普請組支配の宗方屋敷を眺めた。

「危ない橋らしいですよ」

鱗太郎は告げた。

「危ない橋……」

亀吉は、戸惑いを浮かべた。

「ええ、危ない橋です……」

麟太郎は眉をひそめた。

二

無役の小普請組の白坂恭之介は、小普請組支配の宗方図書の屋敷に出入りしていた。

御家人の白坂恭之介が役目に就きたくて出入りするなら、先《ま》ずは上役である小普請組支配組頭《くみがしら》の許《もと》に出入りする筈《はず》だ。小普請組支配組頭から小普請組支配に推挙され、役目に就けるのだ。だが、白坂恭之介は小普請組支配の宗方図書の屋敷に出入りしている。

もし、役目に就く運動なら、猪吉が云った〝危ない橋〟ではない。

だとしたなら、恭之介のやっている事は役目に就く事ではないのだ。

麟太郎は読んだ。

ならば、白坂恭之介のやっている〝危ない橋〟とは何か……。

麟太郎は、淡路坂を下りて行く恭之介と猪吉を尾行る亀吉に続いた。


神田明神門前町の盛り場は、酔客や酌婦で賑わっていた。

白坂恭之介と猪吉は、盛り場にある居酒屋の暖簾を潜った。

麟太郎と猪吉は見届けた。

「酒を飲むだけなのか、誰かと逢うのか……」

麟太郎は、想いを巡らせた。

「あっしが見て来ます。此処《ここ》で待っていて下さい」

亀吉は、麟太郎を残して居酒屋に入った。


「いらっしゃい……」

亀吉は、男衆《おとこし》に迎えられて戸口近くに座り、酒を頼んだ。

白坂恭之介と猪吉は、二人だけで酒を飲んでいた。

酒を飲むだけか……。

亀吉は、運ばれた酒を飲みながら恭之介と猪吉を見守った。

えっ……。
亀吉は、恭之介と猪吉が斜向《はすむ》かいで酒を飲んでいる二人連れの中年の侍を窺ってい
るのに気が付いた。
見張っている……。
恭之介と猪吉は、二人連れの中年の侍を見張っている。
亀吉は気が付いた。
二人の中年の侍は、ささやかな肴《さかな》で酒を楽しんでいた。
恭之介と猪吉は、二人の中年の侍か、それともどちらか一人を見張っているのか
……。
何故《なにゆえ》に見張るのか……。
二人の中年の侍は何者なのか……。
亀吉は、二人の中年の侍を見張る恭之介と猪吉を見守った。
麟太郎は、居酒屋の斜向かいの路地で亀吉や恭之介たちが出て来るのを待った。
亀吉が居酒屋から出て来た。
「亀さん……」

麟太郎は合図した。

亀吉は、麟太郎のいる路地に入って来た。

「どうでした……」

「そいつが、白坂恭之介と猪吉、酒を飲んでいる二人連れの中年の侍を見張っていましてね……」

亀吉は、面白そうに告げた。

「二人連れの中年の侍を見張っている……」

麟太郎は、戸惑いを浮かべた。

「ええ……」

「何ですか。そりゃあ……」

麟太郎は眉をひそめた。

「さあ、良く分かりませんが、恭之介たちが見張っているのは、間違いありませんよ」

亀吉は苦笑した。

「危ない橋って奴なんですかね……」

麟太郎は読んだ。

「きっと……」

亀吉は頷いた。

白坂恭之介たちは、二人の中年の侍を見張って危ない橋を渡っているのだ。

麟太郎は見定めた。

居酒屋の腰高障子《こしだかしょうじ》が開いた、
麟太郎と亀吉は、素早く路地に潜んだ。

二人の中年の侍が、男衆に見送られて居酒屋から出て来た。

「あの二人ですよ」

亀吉は報せた。

「はい……」

麟太郎は、去って行く二人の中年の武士を見詰めた。

二人の中年の侍は、言葉を交わしながら盛り場の出入口に向かった。

「麟太郎さん……」

亀吉が囁いた。

居酒屋から恭之介と猪吉が現れ、二人の中年の武士を追った。

「睨み通りですね」

麟太郎と亀吉は、二人の中年の侍を尾行る恭之介と猪吉を追った。

「ええ……」

神田明神門前町を出た処で、二人の中年の武士は湯島通りと下谷御徒町《おかちまち》への道に別れた。

白坂恭之介と猪吉は、湯島通りを進む中年の武士を追った。

麟太郎と亀吉は、恭之介と猪吉を尾行た。

恭之介と猪吉は、中年の武士を追って何をする気なのだ。

中年の武士は、湯島の学問所の裏手に差し掛かった。

学問所の裏手は暗く、人気《ひとけ》はなかった。

恭之介と猪吉は、不意に動いた。

「亀さん……」

麟太郎は緊張した。

白坂恭之介は、先を行く中年の武士に駆け寄った。

中年の武士は、気が付いて逃げようとした。

刹那《せつな》、恭之介は中年の武士に抜き打ちに斬り付けた。

「な、何をする……」

中年の武士は、肩口を斬られて血を飛ばしながら刀を抜いた。

恭之介は、二の太刀を閃《ひらめ》かせた。

中年の武士は、胸元を斬られて大きく仰《の》け反《ぞ》って倒れた。

「何をしている……」

麟太郎の怒声が響き、亀吉の吹く呼子《よびこ》笛《ぶえ》が鳴り響いた。

「白坂の旦那……」

猪吉は、恭之介を逃げるように促した。

恭之介は逃げた。

麟太郎と亀吉は、倒れている中年の武士に駆け寄った。

「おい、大丈夫か……」

麟太郎は、倒れている中年の武士を見た。

中年の武士は、血に塗《まみ》れて苦しく呻《うめ》いて気を失った。

「医者を呼んで来ます」

亀吉は走った。

「おい。しっかりしろ……」

麟太郎は、手拭《てぬぐ》いを出して中年の武士の胸から流れる血を懸命に抑えた。

家々に明かりが灯《とも》され、住人たちが恐る恐る顔を出し始めた。


中年の武士は、医者の手当ての甲斐もなく息を引き取った。

白坂恭之介は、中年の侍を見張って闇討ちにした。

危ない橋だ……。

麟太郎と亀吉は、斬られた中年の武士の身許を洗った。

中年の武士は、持ち物から本郷御弓町《ほんごうおゆみちょう》に住む岡田新八郎《おかだしんぱちろう》と云う小普請組の御家人だと分かった。

麟太郎と亀吉は、岡田新八郎の遺体を御弓町の組屋敷に運んだ。

岡田の妻子は泣き崩れた。

麟太郎は、妻が落ち着いたのを見計らって質問を始めた。

「岡田どのの知り合いに白坂恭之介と云う御家人はいませんか……」

「さあ、いなかったと思いますが……」

岡田の妻は、白坂恭之介を知らなかった。

「ならば、近頃、岡田どのに何か変わった事はありませんでしたか……」

麟太郎は尋ねた。

「変わった事と申しましても。漸《よう》くお役目に就けると喜んでいたのに……」

岡田の妻は、涙ながらに告げた。

「お役目に就ける……」

麟太郎は眉をひそめた。

「はい……」

岡田の妻は頷いた。

漸く役目に就ける事になった岡田新八郎は、小普請組支配の宗方図書の屋敷に出入りしている白坂恭之介に斬られた。

そこには、どのような意味があるのか……。

麟太郎は、想いを巡らせた。

「麟太郎さん……」

亀吉がやって来た。

「はい……」

「岡田さんが一緒に酒を飲んでいたお侍、何処の誰か分かりましたよ」

亀吉は告げた。

「分かりましたか……」

麟太郎は声を弾ませた。

「ええ。神田相生町《あいおいちょう》に近い御徒町の組屋敷に住んでいる近藤軍平《こんどうぐんぺい》さんって御家人です」

「御徒町の近藤軍平どの……」

「それから麟太郎さん申し訳ないが、此れからは一人で動いて下さい」

「えっ……」

「事は直参《じきさん》の御家人同士の殺し合い。町奉行所の支配違い。あっしがうろうろして面倒になったらと……」

亀吉は、悔《くや》し気に告げた。

「連雀町の親分ですか……」

麟太郎は読んだ。

「ええ。梶原《かじわら》の旦那や南の御番所に迷惑を掛けちゃあならねえと……」

亀吉は、申し訳なさそうに頷いた。

「分かりました。大丈夫ですよ」

麟太郎は笑った。

白坂恭之介は、岡田新八郎を予《かね》てよりの遺恨で尋常の立ち合いの末に斬り棄てたと、目付《めつけ》の調べに答えた。そして、猪吉が目撃者として尋常の立ち合いだったと証言した。

目付は、白坂恭之介を構いなしとした。

「だが、それは違うと申すのか……」

南町奉行の根岸肥前守《ねぎしひぜんのかみ》は訊き返した。

「はい。梶原八兵衛《はちべえ》の話では、白坂恭之介は岡田新八郎を見張り、闇討ちを仕掛けたのだと……」

内与力《うちよりき》の正木平九郎《まさきへいくろう》は告げた。

「それを証明出来るのか……」

「白坂が岡田を見張り、闇討ちを仕掛ける迄《まで》を見ていた者がおります」

「見ていた者……」

肥前守は眉をひそめた。

「はい……」

平九郎は、肥前守を見詰めて頷いた。

「まさか、麟太郎ではあるまいな……」

「そのまさかにございます」

平九郎は頷いた。

「やはりな……」

肥前守は苦笑した。

「麟太郎どのは、故《ゆえ》あって白坂恭之介を見張っていて岡田新八郎闇討ちに行き逢ったそうです」

「して、尋常の立ち合いではないと申すか……」

「はい……」

「裏に何かあるようだな……」

肥前守は睨んだ。

「おそらく……」

平九郎は頷いた。

「よし。平九郎、此の一件、梶原に密《ひそ》かに探らせるが良い」

肥前守は命じた。

御家人近藤軍平の組屋敷は、伊勢国津《いせのくにつ》藩江戸上屋敷近くの御徒町にあった。

麟太郎は、近藤軍平の組屋敷を訪ねた。

近藤軍平は、白坂に斬り殺された岡田新八郎と酒を飲んでいた中年の侍であり、親しい間柄だった。

「白坂恭之介……」

近藤軍平は、怒りを滲《にじ》ませた。

「はい。私が駆け付けた時には……」

麟太郎は、残念そうに首を横に振った。

「そうでしたか。して、何か……」

「はい。岡田新八郎どの、近々、お役目に就く事になっていたとか……」

「うむ。此処《このところ》何年か、小普請組支配組頭や御支配の宗方図書さまにいろいろ運動をしていたからな……」

「いろいろ運動ですか……」

「うむ。付け届けに家来の真似事《まねごと》。お役目に就きたい一心で皆、いろいろしているさ」

近藤は、己《おのれ》を嘲《あざけ》るかのように告げた。

「そうですか……」

「うむ……」

「岡田どの、支配の宗方さまには、特に変わった事はしていませんでしたか……」

「特に変わった事か……」

「はい……」

「そう云えば、岡田どのの家には先祖代々伝わる家宝の銀の香炉があってな」

「家宝の銀の香炉……」

「うむ。それを宗方さまが知り。是非《ぜひ》とも貸してほしいと望まれ、岡田どのが銀の香炉を貸してから、宗方さまに何かと目を掛けられ、お役目に就く事になったと……」

近藤は苦笑した。

「ほう。銀の香炉を貸してお役目に就きましたか……」

「ま、そんな処かな……」

近藤は頷いた。

岡田新八郎は、家宝の銀の香炉を小普請組支配の宗方図書に貸して役目に就く事になった。そして、宗方図書の屋敷に出入りしている白坂恭之介に闇討ちされたのだ。

どう云う事だ……。

麟太郎は、近藤軍平に礼を云って別れ、下谷練塀小路に向かった。

御徒町と下谷練塀小路は隣り合っている。

麟太郎は、組屋敷の連なりを進んで下谷練塀小路に向かった。

武家の女が、横手から通りに現れた。

麟太郎は、咄嗟《とっさ》に物陰に隠れた。

武家の女は、菊亭桃春こと菊川春乃だった。

麟太郎は見定めた。

春乃は、緊張した面持ちで麟太郎の前を進み始めた。

行く手には、白坂恭之介の組屋敷がある。

春乃は白坂恭之介に逢いに行く……。

麟太郎は読んだ。

春乃は、白坂屋敷の前に立ち止まった。

麟太郎は、物陰で見守った。

春乃は、白坂屋敷の木戸門を開ける事もなく、屋敷内を窺った。
どうした……。
麟太郎は、春乃の様子を見守った。
春乃は、哀し気な吐息を洩《も》らした。
やはり、春乃と白坂恭之介の間には、何かがあったのだ。
麟太郎は読んだ。
近所の者がやって来た。
春乃は、白坂屋敷の前から慌てて離れた。
麟太郎は追った。
春乃は、白坂屋敷を振り返り、淋し気に俯《うつむ》いて下谷広小路に向かった。
未練気な重い足取りだ……。
麟太郎は、春乃を尾行た。

不忍池では番《つがい》の水鳥が遊び、幾重にも重なり広がる波紋が煌めいていた。
菊川春乃は、不忍池の畔《ほとり》に佇《たたず》み、淋し気な面持ちで水面を眺めた。
白坂恭之介に逢いに来たのだが、逢えないでいるのだ。

麟太郎は読んだ。

どうする……。

麟太郎は、畔に淋し気に佇む春乃を見詰めた。

春乃は、白坂恭之介が岡田新八郎を闇討ちした事実を知っているのか……。

もし、知っていたとしたら、その理由も知っているのか……。

訊いてみるしかない。

よし……。

麟太郎は、不忍池の畔に佇む菊川春乃に近付いた。

「菊川春乃さんじゃありませんか……」

麟太郎は、声を掛けた。

春乃は振り返った。

「やあ……」

麟太郎は笑い掛けた。

「これは、青山さま。いつぞやはお世話になりました」

春乃は、麟太郎に頭を下げた。

「いいえ。その後、妙な事はありませんか……」

麟太郎は尋ねた。

「え、ええ。別にございません」

春乃は、沈んだ面持ちで頷いた。

「そうですか。それなら良いですが。そう云えば春乃さん、御家人の白坂恭之介さんを御存知でしたね」

麟太郎は斬り込んだ。

「は、はい……」

春乃は、緊張を過《よぎ》らせた。

「白坂恭之介さん、昨夜、予てからの遺恨で岡田新八郎と申す御家人を斬りましてね」

麟太郎は、春乃を見据えて告げた。

「えっ、恭之介さんが……」

春乃は驚いた。

「ええ。で、その遺恨と云うのを御存知ですか……」

麟太郎は訊いた。

「いいえ。存じません……」

春乃は、呆然《ぼうぜん》とした面持ちで首を横に振った。

「そうですか……」

嘘偽《うそいつわ》りは感じられない……。

春乃は、恭之介が人を斬った事を知らなかった。

麟太郎は見定めた。

「それで青山さま、恭之介さんは……」

春乃は、麟太郎に不安に満ち溢《あふ》れた眼を向けた。

「今の処、目付は遺恨による尋常の立ち合いだと思っていますが、闇討ちだと睨み、探索をしている者もいましてね。間もなく真相が明らかになるでしょう」

麟太郎は、厳しい面持ちで告げた。

「青山さま……」

「それにしても白坂恭之介さん、何故、人が変わってしまったのか。春乃さんは御存知ですね」

麟太郎は、春乃を見据えた。

「私が悪いのです、私が恭之介さんを変えてしまったのです」

春乃は、しゃがみ込んだ。

「春乃さんが……」

麟太郎は眉をひそめた。

「はい。私が絵草紙を書いて、生涯、面倒を見てあげる。だから、ずっと無役の小普請で遊んで暮らせば良いと……」

春乃の声には、後悔の涙が混じった。

「白坂さんにそう云ったのですか……」

「ええ。そうしたら恭之介さん、お役目に就いてもう世話にはならぬと……」

春乃は項垂《うなだ》れた。

菊川春乃は、白坂恭之介を可愛がり過ぎてその矜持《きょうじ》を斬り裂いた。

「白坂さん、そう云いましたか……」

「はい。私は恭之介さんを傷付けたのです」

春乃は、悔やみ、自分を責めた。

「それ以来、恭之介さんは私を避け、逢ってはくれないのです」

「男と女の仲を書く女戯作者、菊亭桃春にしては迂闊《うかつ》な事を云いましたね」

「はい。ですから私が悪いのです。愚かな私が恭之介さんを変えてしまったんです」

春乃は、涙を零《こぼ》した。

「いいえ。たとえ傷付いたとしても、人を闇討ちで斬る理由にはなりません……」

麟太郎は告げた。

「青山さま……」

春乃は、戸惑いを浮かべた。

「春乃さん、白坂恭之介は本性を現しただけですよ」

「えっ……」

「もし、春乃さんに罪があるなら、そいつは白坂恭之介の本性を引き出しちまった事です」

麟太郎は苦笑した。

「青山さま……」

「春乃さん、白坂恭之介は、貴女《あなた》が傷つけようが、傷付けまいが、何《い》れ《ず》は本性を現した筈《はず》ですよ」

「そんな……」

「人の本性は他人には勿論《もちろん》、本人にも分からないものです」

麟太郎は、厳しく云い放った。

春乃は、嗚咽《おえつ》を洩らした。

不忍池は煌めいた。

三

「そう。菊亭桃春先生、白坂恭之介さんと別れたの……」

お蔦は、戸惑いを浮かべた。

「うん。稼ぎのある年増が、つい可愛がっている若い男を傷付けてしまった……」

鱗太郎は告げた。

「それで白坂恭之介さん、桃春先生と別れて物騒な真似を始めたって云うの……」

お蔦は眉をひそめた。

「ああ。ま、そいつが白坂恭之介の本性なのだろうがな」

鱗太郎は苦笑した。

「それで桃春先生、どうしたの……」

「悔やみ、自分を責め、向島に帰ったよ」

「そう。じゃあ暫《しばら》くは、桃春先生の絵草紙は期待しない方が良いかもね……」

お蔦は、吐息を洩らした。

「うん。流石《さすが》の菊亭桃春先生も立ち直るには刻が掛かりそうだな」

麟太郎は読んだ。

「そうねえ……」

お蔦は頷いた。

「うん。ま、白坂恭之介の一件が片付かない限りは……」

麟太郎は、菊川春乃の気持ちを読んだ。


「じゃあな……」

麟太郎は、地本問屋『蔦屋』の横手から外に出た。

「やあ……」

『蔦屋』の店先に亀吉がいた。

「亀さん……」

「ちょいと顔を貸して下さい」

亀吉は笑った。

「そいつは構いませんが……」

町奉行所は、白坂恭之介の一件から手を引いた筈だ。

「梶原の旦那とうちの親分が待っています」

「えっ……」

麟太郎は戸惑った。


居酒屋は賑わっていた。

奥の衝立《ついたて》の陰には、南町奉行所臨時《りんじ》廻《まわ》り同心の梶原八兵衛と岡《おか》っ引《ぴき》の辰五郎が酒を飲んでいた。

「お待たせしました」

亀吉は、麟太郎を梶原と辰五郎の許に誘《いざな》った。

「やあ。旦那、親分、何ですか……」

麟太郎は座った。

「うん。白坂恭之介が岡田新八郎を斬った一件、どんな具合かな……」

梶原は、麟太郎の猪口《ちょこ》に酒を満たした。

「こいつは畏《おそ》れ入ります。一件は御家人同士の尋常な立ち合い、町奉行所の支配違いではないのですか……」

麟太郎は、戸惑いを浮かべた。

「そいつが、うちのお奉行が裏に何かありそうだから、秘《ひそ》かに調べてみろとね」

梶原は、苦笑して酒を飲んだ。

「ほう、肥前守さまが……」

麟太郎は、南町奉行根岸肥前守の鋭さを知った。

「ああ。で、私たちも白坂恭之介が出入りしている小普請組支配の宗方図書さまをちょいと洗ってみたんだがね……」

梶原は、麟太郎を見詰めた。

「かなりの骨董《こっとう》好きですか……」

麟太郎は睨んだ。

「良く知っているな……」

梶原は苦笑した。

「白坂恭之介に斬られた岡田新八郎、先祖代々伝わる家宝の銀の香炉を宗方さまに貸して欲しいと望まれ、貸した処、お役目に就ける事になったとか……」

麟太郎は、岡田の友の近藤軍平に訊いた話を告げた。

「やはり、そんな処か……」

「梶原さま……」

辰五郎は眉をひそめた。

「ああ。麟太郎さん、宗方図書さまには悪い噂《うわさ》があってね」

「悪い噂ですか……」

「うむ。小普請組の無役の旗本御家人でそれなりの骨董を持っている者を優先的に役目に就けるとかな」

「それで、最後には献上しろと迫り、断ると役目に就けないそうですぜ」

辰五郎は、腹立たし気に告げた。

「酷《ひど》いですね……」

麟太郎は眉をひそめた。

「ま、役目に就けないのならまだしも、どうしても欲しいとなると、やはり役目を餌《えさ》に誰かに闇討ちをさせるって噂だ」

梶原は、手酌で酒を飲んだ。

「そんな噂があるのですか……」

麟太郎は、身を乗り出した。

「ああ……」

梶原は頷いた。

「そうですか……」

麟太郎は、白坂恭之介が岡田新八郎を闇討ちした理由を知った。

「白坂恭之介が岡田新八郎さんを斬ったのは、その辺ですかね……」

亀吉は読んだ。

「ええ。ですが梶原さん、宗方図書は小普請組支配。南町奉行所が幾ら悪事の証拠を集めた処で、どうしようもないのでは……」

麟太郎は、苛立ちを滲ませた。

「そこを何とかするのが、うちのお奉行だ」

梶原は苦笑した。

「肥前守さまが……」

「ああ。穏やかなお方だが、鋭くて腹の底の知れぬ妖怪だよ」

梶原は、楽しそうに笑った。

「腹の底の知れぬ妖怪ですか……」

麟太郎は苦笑した。

「ああ。だが、白坂恭之介が宗方図書に命じられて岡田新八郎を斬ったと云う確かな証拠がない限り、流石の妖怪も動きが取れない」

梶原は眉をひそめた。

「じゃあ、白坂恭之介に張り付いてみます」

麟太郎は、手酌で酒を飲んだ。

「じゃあ亀吉、麟太郎さんと一緒にな」

辰五郎は命じた。

「承知しました」

亀吉は頷いた。

「じゃあ、俺と連雀町は、宗方図書の阿漕《あこぎ》な所業を詳しく調べてみるぜ」

梶原は笑い、手酌で酒を飲んだ。

麟太郎、辰五郎、亀吉は続いた。

居酒屋は賑わった。


評定所は、武家の様々な争い揉《も》め事を処理していた。

その日、目付は御家人白坂恭之介の岡田新八郎斬殺を尋常の立ち合いの末と正式に裁こうとした。

「それは未だならぬな……」

肥前守は、笑顔で遮《さえぎ》った。

「肥前守さま、それは何故……」

目付は狼狽《うろた》えた。

「ならぬものは、なりませぬな。ならば、此れにて……」

肥前守は、訳の分からぬ事を笑顔で告げて座を立った。

御家人白坂恭之介が岡田新八郎を斬ったのは、尋常な立ち合いの末だと決定されなかった。

大目付、目付、そして北町奉行は呆気《あっけ》に取られた面持ちで肥前守を見送った。


白坂恭之介は、正式な裁きが下る迄、組屋敷に蟄居《ちっきょ》を命じられ、役人たちの監視を受ける事になった。

麟太郎と亀吉は、物陰から白坂屋敷を眺めた。

「中々尋常な立ち合いと認められないので落ち着かないでしょうね」

亀吉は苦笑した。

「ええ。かなり焦《あせ》っていますよ」

麟太郎は苦笑した。

「ですが、どうしようもありませんか……」

「尋常の立ち合いと云った限りは、妙な事は出来ませんからね」

「麟太郎さん……」

亀吉は、一方を示した。

麟太郎は、亀吉の視線を追った。

遊び人の猪吉が、練塀の陰にいた。

「遊び人の猪吉ですよ……」

「猪吉も中々逢えないか……」

麟太郎は読んだ。

「どうします」

亀吉は、麟太郎の出方を窺った。

「締め上げてみますか……」

麟太郎は笑った。

「ええ……」

亀吉は、楽しそうに頷いた。

猪吉は、恭之介に逢う術《すべ》もなく、白坂屋敷から離れた。

　麟太郎と亀吉は追った。

　遊び人の猪吉は、下谷広小路を抜けて湯島天神裏門坂道に進んだ。

　麟太郎と亀吉は、猪吉を尾行た。

　猪吉は、湯島天神裏門坂道から女坂に向かおうとした。

　麟太郎と亀吉は、猪吉に駆け寄った。

「おう。猪吉の兄い……」

　麟太郎は呼び止めた。

「えっ、お侍さん……」

　猪吉は、戸惑いを浮かべた。

「ちょいと面を貸して貰おうか……」

　麟太郎は笑い掛けた。

　猪吉は、咄嗟に逃げようとした。

　麟太郎は、素早く足を飛ばした。

　猪吉は、麟太郎の足に引っ掛かって前のめりに倒れ込んだ。

　亀吉が馬乗りになり、十手《じって》で押さえ付けた。

「大人しくしな……」

亀吉は冷ややかに告げた。

湯島天神裏の寺の境内に、参拝客はいなかった。

麟太郎と亀吉は、猪吉を寺の境内の裏手に連れ込み、突き飛ばした。

「な、何をしやがる……」

猪吉は倒れ込み、声を震わせた。

「猪吉、白坂恭之介が御家人の岡田新八郎を斬った理由、知っているな」

麟太郎は、猪吉を厳しく見据えた。

「知らねえ。俺は何も知らねえよ」

猪吉は不貞腐《ふてくさ》れた。

刹那《せつな》、麟太郎の平手打ちが飛び、猪吉の頰《ほお》が鳴った。

猪吉は倒れ、張られた頰を押さえた。

「猪吉、白坂恭之介が岡田新八郎を斬ったのは、小普請組支配の宗方図書に命じられての事だな」

麟太郎は、猪吉の胸倉を摑《つか》んだ。

「知らねえ。俺は何も知らねえって云ってんだろう」

猪吉は、懸命に抗《あらが》った。

「猪吉、何も知らないと云い張る気か……」

麟太郎は苦笑した。

「ああ。知らねえものは、知らねえ……」

「だったら猪吉、御宮《おみや》入りの殺しの下手人になってみるか……」

亀吉は、薄笑いを浮かべて十手を突き付けた。

「何云っている。冗談じゃあねえ」

猪吉は、嗄《しやが》れ声を引き攣《つ》らせた。

「それとも、此の寺の墓地の隅でゆっくり眠るか……」

麟太郎は、嘲りを浮かべた。

「巫山戯《ふざけ》るな……」

猪吉は、恐怖に嗄れ声を震わせた。

「知っている事を正直に答えて、白坂と縁を切るか。ま、好きなのを選ぶんだな」

麟太郎は笑い掛けた。

「宗方さまだ。白坂の旦那は、宗方さまに岡田さんを斬れば、お役目に就けてやると云われたそうだ」

猪吉は項垂れた。

「麟太郎さん……」

「ええ。猪吉、今の言葉に間違いはないな」

麟太郎は念を押した。

「ああ……」

猪吉は頷いた。

「よし。ならば猪吉、二度と白坂恭之介に逢わず、大人しくしているんだな」

麟太郎は笑った。

夕陽は沈み始めた。


夕陽は宗方屋敷を赤く染めた。

中年の武士が宗方屋敷から現れ、淡路坂を下った。

梶原八兵衛と辰五郎は、太田姫稲荷から現れた。

「旦那、宗方家の用人の滝沢重蔵《たきざわじゆうぞう》です。追ってみますか……」

「ああ。宗方図書、今日はもう動くまい。俺も一緒に行くよ」

梶原は頷いた。

「じゃあ……」

辰五郎は、宗方家用人の滝沢重蔵を追った。

梶原は続いた。


宗方家用人の滝沢重蔵は、淡路坂を下りて神田八つ小路を横切り、神田川に架かっている昌平橋を渡った。

辰五郎と梶原は追った。

滝沢は、明神下の通りから神田明神門前町の場末の飲み屋に入った。

辰五郎と梶原は見届けた。

場末の飲み屋は、博奕打《ばくち》ちや食詰め浪人の溜《たま》り場《ば》になっている店だった。

滝沢は、場末の飲み屋に何の用があって来たのだ。

梶原と辰五郎は、場末の飲み屋を見守った。

僅かな刻が過ぎた。

飲み屋の腰高障子が開いた。

辰五郎と梶原は見詰めた。

場末の飲み屋から滝沢と四人の浪人が現れ、明神下の通りに向かった。

「旦那……」

「ああ。何を企んでいるのか……」

梶原と辰五郎は、滝沢と四人の浪人を追った。

滝沢と四人の浪人は、明神下の通りを横切り、神田旅籠町《はたごちょう》を進んで御成《おなり》街道から組屋敷街に入った。

辰五郎と梶原は追った。

「旦那、奴らひょっとしたら……」

辰五郎は、滝沢と四人の浪人の行き先を読み、厳しさを滲ませた。

「ああ……」

梶原は、薄笑いを浮かべて頷いた。

下谷練塀小路に軒を連ねる組屋敷は寝静まっていた。

宗方家用人の滝沢重蔵と四人の浪人は、一軒の組屋敷を眺めた。

組屋敷は寝静まっている。

何をする気だ……。

梶原と辰五郎は、物陰から見守った。

「何だ。おぬしらは……」

白坂恭之介を見張っている役人が気付き、現れた。

「いや。此処は白坂恭之介どのの屋敷ですな」

滝沢は尋ねた。

「左様、白坂どののお屋敷ですよ」

役人は頷いた。

次の瞬間、浪人たちが役人に襲い掛かって当て落とした。

浪人の一人が白坂屋敷の木戸門を開け、気を失った役人を板塀の内に連れ込んだ。

滝沢は続いた。

「野郎、白坂の口を封じるつもりですぜ」

辰五郎は睨んだ。

「ああ。連雀町の。宗方家用人の滝沢重蔵を押込み強盗としてお縄にするぜ」

梶原は苦笑した。

「承知。じゃあ……」

辰五郎は、呼子笛を吹き鳴らした。
「盗賊だ。盗賊の押込みだ……」
辰五郎は怒鳴った。
四人の浪人たちは激しく狼狽え、白坂屋敷から我先に逃げ出した。
浪人たちの最後に滝沢重蔵がいた。
辰五郎は鉤縄《かぎなわ》を投げた。
鉤縄は飛び、滝沢の首に絡み付いた。
滝沢は仰け反った。
梶原が飛び掛かり、投げ飛ばした。
滝沢は、叩《たた》きつけられて土埃《つちぼこり》が舞った。
「おのれ、盗賊……」
梶原は、滝沢を十手で鋭く打ち据えた。
辰五郎は獲り縄を打った。
「恭之介……」
静江の哀し気な声が響いた。
梶原は、静江の声のした勝手口に走った。

白坂屋敷の勝手口には、母親の静江が佇んでいた。

「どうされた……」

「恭之介が、恭之介が逃げました……」

静江は、哀し気に声を震わせた。

「しまった……」

梶原は追った。

四

白坂恭之介は姿を消した。

梶原八兵衛と辰五郎は、宗方家用人の滝沢重蔵を武士を装った盗賊としてお縄にし、大番屋に引き立てた。

滝沢重蔵は、旗本家用人であり、町奉行所に縄を打たれて大番屋に引き立てられる謂《いわ》れはないと抗った。

「ならば何故、徒党を組み、夜更けに役人を当て落として白坂屋敷に押込んだのだ

「……」

梶原は、嘲笑《ちょうしょう》を浮かべた。

滝沢は言葉を失い、黙り込んだ。

麟太郎は、辰五郎や亀吉と白坂恭之介の行方を追った。

白坂恭之介は、組屋敷から逃げ出して何をしようとしているのか……。

麟太郎は、白坂恭之介の腹の内を読んだ。

恭之介は、用人の滝沢重蔵が食詰め浪人を金で雇い、己の口を封じに来たと知った。

そして、姿を消してどうするつもりなのだ。

恨みを晴らす……。

岡田新八郎を斬らせ、口封じの為に殺そうとした小普請組支配の宗方図書に恨みを晴らす。

麟太郎は、亀吉と小普請組支配の宗方図書を見張った。

小普請組支配の宗方図書は、登下城の警護と屋敷の警戒を厳しくした。

麟太郎と亀吉は、太田姫稲荷の境内から宗方屋敷を見張り続けた。

「散々、他人の弱味を利用して甘い汁を吸い、挙句の果てに汚ない力を振るうか……」

麟太郎は吐き棄てた。

「ええ。汚ねえ野郎ですぜ」

亀吉は頷いた。

日が暮れた。

宗方屋敷から五人の家来が現れ、太田姫稲荷の境内に入った。

麟太郎と亀吉は見守った。

五人の家来は、太田姫稲荷の境内に潜んで宗方屋敷に近付く者を見張った。

「恭之介が来るのを見張っている……」

麟太郎は、五人の家来たちの動きを読んだ。

「宗方の野郎、手前《てめえ》の外道振りが恨みを買っているのは、分かっていますか……」

亀吉は苦笑した。

「ええ……」

麟太郎は頷いた。

五人の家来は、宗方屋敷に近付く者を見張り続けた。
刻が過ぎた。
「麟太郎さん……」
亀吉は、暗い淡路坂を見詰めながら麟太郎を呼んだ。
「はい……」
麟太郎は、亀吉の視線の先の淡路坂を見詰めた。
淡路坂の暗がりが揺れ、人影が上がって来た。
人影は武士……。
麟太郎は、武士が白坂恭之介かどうか見極めようとした。
武士は、淡路坂を上がって来る。
白坂恭之介か……。
麟太郎は見詰めた。
次の瞬間、宗方家の五人の家来が太田姫稲荷から武士に駆け寄り、取り囲んだ。
身構えた武士は、白坂恭之介だった。
「白坂……」
五人の家来は、恭之介に斬り掛かった。

恭之介は、刀を抜いて斬り結んだ。

「どうします……」

亀吉は、麟太郎の出方を窺った。

「宗方の勝手にはさせません」

麟太郎は云い放った。

「じゃあ……」

「恭之介を捕らえ、宗方図書が岡田新八郎殺害を命じた事を証言させます」

麟太郎は、不敵な笑みを浮かべた。

「承知……」

亀吉は頷いた。

恭之介は、宗方家の五人の家来と激しく斬り結んでいた。

だが、多勢に無勢だ。

恭之介は、浅手を負って追い詰められた。

「死んで貰う……」

五人の家来たちは、嘲笑を浮かべて恭之介に殺到した。

麟太郎が飛び込み、五人の家来たちを遮った。

五人の家来は戸惑った。

「夜の夜中に徒党を組んで刀を振り廻すとは。宗方家家中の方々だな……」

麟太郎は笑った。

「黙れ……」

五人の家来は、麟太郎に斬り掛かった。

麟太郎は、刀の峰を返して五人の家来たちを打ちのめした。

亀吉は、呼子笛を吹き鳴らした。

五人の家来たちは狼狽え、一斉に退いた。

亀吉は、暗がり伝いに追った。

麟太郎は見送り、背後の恭之介を振り返った。

背後に白坂恭之介はいなかった。

麟太郎は焦った。

「麟太郎さん……」

亀吉がやって来た。

「亀さん……」

「宗方家の奴ら、屋敷に逃げ込みましたよ」

亀吉は報せた。

「亀さん、恭之介に逃げられましたよ」

「そうですか……」

淡路坂の下、神田八つ小路には呼子笛が鳴り響いていた。

「白坂恭之介、公儀と宗方家の奴らに追われる身になろうとは、思ってもいなかったでしょうね……」

麟太郎は哀れんだ。

「きっと……」

亀吉は頷いた。

麟太郎は、呼子笛の鳴り響く夜の町を淋し気に眺めた。


御家人白坂恭之介は、公儀と宗方家の家中の者共に追われ、江戸の町に姿を消した。

麟太郎は、連雀町の辰五郎や亀吉と恭之介を探し廻った。

宗方図書は、滝沢重蔵を既に宗方家から暇を取らせた拘《かかわ》りなき者とした。

滝沢重蔵は浪人となった。

梶原八兵衛は、大番屋の詮議場《せんぎば》で滝沢重蔵を厳しく責めた。

滝沢重蔵は、梶原の厳しい詮議に必死に耐えて沈黙を守った。

「そうか。宗方家用人だった滝沢重蔵、梶原の責めに懸命に耐えているか……」

肥前守は頷いた。

「はい。おそらく滝沢重蔵、宗方図書さまと何らかの密約があるのでしょう」

正木平九郎は読んだ。

「宗方図書がお咎《とが》めなしで済めば、宗方家に帰参を許すか……」

肥前守は苦笑した。

「おそらく……」

平九郎は頷いた。

「それにしても白坂恭之介、何処を逃げ廻っているのか……」

肥前守は眉をひそめた。

麟太郎は、辰五郎や亀吉と白坂恭之介の立ち廻りそうな処を探し歩いた。

遊び人の猪吉の知る限りの処にも、恭之介は現れてはいなかった。

「何処に消えてしまったのか……」

辰五郎は、苛立たし気に吐き棄てた。

「親分、宗方屋敷の家来が先に見付けてこっそり始末したってのは、ありませんかね」

亀吉は、不安を過らせた。

「かもしれないな。ちょいと様子を見てくるか……」

「ええ。麟太郎さんはどうします」

「う、うん。俺はちょいと……」

麟太郎は言葉を濁した。

「そうですか、じゃあ親分……」

「ああ……」

岡っ引の連雀町の辰五郎は、亀吉と共に駿河台の宗方屋敷に向かった。

最後の一つ……。

麟太郎は、追い詰められた白坂恭之介が潜むかもしれない処の最後の一つには、一人で行く事にしていた。

行くか……。

麟太郎は、蔵前の通りを浅草に向かった。
向島の田畑の緑は、隅田川から吹き抜ける風に揺れて煌めいていた。
長命寺裏手の背の高い垣根に囲まれた家は、雨戸を閉めて静けさの中に沈んでいた。
主の女戯作者菊亭桃春こと菊川春乃は、老下男の鶴吉夫婦に数日の暇を出していた。

雨戸の閉められた家の中は薄暗かった。
菊川春乃は、座敷の隣の仕事場で墨を磨《す》っていた。
穏やかな面持ちで心と力を籠《こ》めて……。
春乃は墨を磨った。そして、絵草紙の原稿を書いた。
庭には小鳥の囀《さえず》りが響き、穏やかな刻が過ぎた。
春乃は、微笑みを浮かべて筆を走らせた。
「起きているのか……」
隣の座敷から男の声がした、

「あっ、眼が覚めたの……」

春乃は、座敷の襖《ふすま》を開けた。

薄暗い座敷には布団が敷かれ、寝間着姿の白坂恭之介が半身を起こしていた。

「ええ。良く眠っていたわね……」

春乃は笑い掛けた。

「ああ。江戸中を逃げ廻り、満足に寝ていなかったから……」

恭之介は苦笑した。

「可哀相《かわいそう》に。でも、私の処に来た限りは、それも御仕舞《おしま》い……」

春乃は、幼い子供のように恭之介を抱いた。

「うん……」

恭之介は、甘えるように春乃の胸に顔を埋めた。

「恭之介さん……」

「春乃さま……」

次の瞬間、春乃は枕元に置いてあった懐剣を抜き、恭之介を抱き締めた。

懐剣が恭之介の背に突き刺さり、心の臓を貫いた。

恭之介は仰け反った。

春乃は、恭之介を強く抱き締めた。

「か、忝《かたじけな》い……」

恭之介は微笑んだ。

「恭之介さん……」

春乃は、恭之介を抱き締めて涙を零した。

「春乃さま……」

恭之介は、穏やかな笑みを浮かべて息絶えた。

春乃は、息絶えた恭之介を抱き締めて涙を零し続けた。


浅草広小路は賑わっていた。

麟太郎は、広小路の雑踏を抜けて隅田川に架かっている吾妻橋に急いだ。

隅田川から吹く風は、吾妻橋を渡る麟太郎の鬢《びん》の解《ほつ》れ毛《げ》を揺らした。

麟太郎は、吾妻橋を渡って水戸藩江戸下屋敷の前を過ぎ、向島の土手道を進んだ。

向島の土手道を行き交う人は少なかった。

麟太郎は、足早に長命寺横の小川沿いの田舎道に曲がった。
背の高い垣根に囲まれた家は、雨戸を閉めてひっそりとしていた。
麟太郎は、背の高い垣根の木戸門を入った。
春乃の家は雨戸を閉め、老下男の鶴吉も留守のようだった。
「御免。春乃さん、青山麟太郎だ……」
麟太郎は、格子戸を開けようとした。
格子戸には心張棒《しんばりぼう》が掛けられており、開く事はなかった。
春乃も出掛け、誰もいないのか……。
麟太郎は、庭先に向かった。

庭の木々には小鳥が囀り、座敷の雨戸が閉められていた。
麟太郎は、雨戸に寄って中の様子を窺った。
雨戸の内の座敷からは、人の声も物音も聞こえなかった。
やはり留守なのか……。
そう思った時、麟太郎は微かな血の臭《にお》いを嗅《か》いだ。

血……。

麟太郎は、脇差《わきざし》を抜いて雨戸の猿《さる》を外しに掛かった。だが、雨戸の猿は掛けられていなく、直《す》ぐに開いた。

血の臭いが鼻を突いた。

麟太郎は、縁側に上がって座敷の障子を開けた。

日差しに溢れた座敷には蒲団が敷かれ、横たわった恭之介に春乃が覆い被さるように倒れていた。

春乃さん、恭之介……。

麟太郎は、春乃と恭之介を見詰めた。

春乃の胸には懐剣が刺さり、流れた血が恭之介を染めていた。

麟太郎は、恭之介が既に死んでいるのに気が付いた。

「恭之介、春乃さん……」

麟太郎は、吐息混じりに呟き、春乃と恭之介の死体を検《あらた》めた。

恭之介は、背中から心の臓を突き刺されていた。その後、春乃は己の胸を刺して死んでいる。

菊川春乃は、白坂恭之介を殺してから自害したのだ。

鱗太郎は、二人の死の様子と血の乾き具合からそう読んだ。

鱗太郎は、隣の部屋に行った。

隣の部屋は、女戯作者の菊亭桃春の仕事場であり、文机《ふづくえ》の上には筆や硯《すずり》などの道具と書き終えた原稿があった。

鱗太郎は、原稿を手に取った。

「恋の荒浪、向島心中……」

鱗太郎は、原稿の上書きを読んだ。

そして、書かれている絵草紙の原稿を読み始めた。

原稿には、十九歳の武家娘が隣の屋敷の十四歳の息子と出逢い、秘かに想いを寄せながらも親の決めた相手に嫁いだ。そして、歳月が過ぎ、夫は病死をした。女は女戯作者として暮らしを立て、隣の屋敷の息子と再会し、情を交わすようになった。

隣の息子は無役の小普請組であり、女戯作者となった女は小遣いを渡して可愛がった。

そうした暮らしに慣れた頃、女戯作者となった女は、隣の息子の矜持を傷付けた。

隣の息子は、女戯作者に激しく反発して別れた。
女戯作者は、己の至らなさを悔やみ嘆いた。
隣の息子は、別れた女戯作者を見返す為、役目に就きたいと願った。
そして、役目に就きたい一念で小普請組支配の命《めい》で御家人を闇討ちにした。
隣の息子は、公儀の役人と口封じを狙う者たちに追われる身になった。
江戸の町を逃げ廻った隣の息子は、逃げ場を失って最後に残された向島に向かった。
女戯作者の家のある向島に……。
隣の息子は、別れた女戯作者の家に逃げ込んだ。
女戯作者は、老下男夫婦に数日の暇を取らせて隣の息子をかくまった。
何れにしろ、隣の息子は死罪になる……。
そう追い込んだのは自分なのだ。
女戯作者は、隣の息子を我が手で殺し、自分も後を追って死ぬと覚悟を決めた。
隣の息子と女戯作者は、貪《むさぼ》り合うように激しく情を交わし、一夜を過ごした。
麟太郎は、絵草紙の原稿を読み終えた。
「恋の荒浪、向島心中か……」

麟太郎は、吐息混じりに呟《つぶや》き、座敷の布団に抱き合うように横たわって死んでいる春乃と恭之介に眼をやった。

春乃と恭之介は、微笑みを浮かべて抱き合い、穏やかな様子で死んでいた。

麟太郎は、雨戸のすべてを開けた。

座敷には陽が差し込み、小鳥の囀りが飛び交った。

女戯作者菊亭桃春は、愛《いと》しい男と滅びていった……。

麟太郎は、空を眩《まぶ》しく見上げた。


「ほう、白坂恭之介、想い人の女戯作者の家に隠れ、刺し殺されたか……」

根岸肥前守は眉をひそめた。

「はい。そして、女戯作者は自害して果てたそうにございます」

正木平九郎は告げた。

「相対死《あいたいじ》にか……」

肥前守は読んだ。

「はい。見付けた麟太郎どのも心中だと申しているそうです」

「麟太郎が……」

「はい。惚《ほ》れ合った男と女の些細《ささい》な行き違いの末の哀しい心中だと……」

「麟太郎がな……」

「左様にございます」

「麟太郎、少しは男と女の仲が分かるようになったか……」

肥前守は苦笑した。

「して、お奉行、小普請組支配の宗方図書さまは……」

「うむ。御役御免の上、閉門蟄居となり、評定所の裁きを待つ身だ……」

肥前守は、厳しさを過らせた。


女戯作者菊亭桃春の最後の絵草紙『恋の荒浪向島心中』は売れ、版を重ねた。

版元の地本問屋『蔦屋』のお蔦は、売上金で菊川春乃と白坂恭之介を弔《とむら》い、恭之介の母静江と菊川家の老下男夫婦に分け与えた。

「で、此れが麟太郎さんの取り分……」

お蔦は、菊亭桃春の最後の絵草紙『恋の荒浪向島心中』を纏《まと》め、加筆した麟太郎に礼金を差し出した。

「うん……」

麟太郎は、礼金を受け取った。

「それにしても、凄《すご》い売れ行きだな……」

麟太郎は、『恋の荒浪向島心中』の売れ行きに感心した。

「あら、今日は随分《ずいぶん》、素直なのね……」

お蔦は苦笑した。

「ああ……」

麟太郎は、春乃と恭之介に想いを馳《は》せて淋し気に笑った。

第三話　九尾《きゅうび》の狐《きつね》

一

戯作者《げさくしや》閻魔堂赤鬼《えんまどうあかおに》こと青山麟太郎《あおやまりんたろう》は、閻魔長屋の木戸の傍《そば》の閻魔堂に手を合わせた。

「どうか、絵草紙になる面白い話が思い付きますように……」

麟太郎は、手を合わせて呟《つぶや》いた。

苦しい時の神頼み、宜《よろ》しくな……。

麟太郎は、閻魔堂の格子戸の奥の閻魔大王に笑い掛けて出掛けて行った。

昼飯前の蕎麦屋《そばや》は空いていた。

麟太郎は、下っ引《したぴき》の亀吉《かめきち》と盛り蕎麦を手繰《たぐ》っていた。

「絵草紙になるような面白い話ですか……」

亀吉は、盛り蕎麦を手繰る箸《はし》を止めた。

「ええ。何かありませんかね。親父、盛り蕎麦、もう一枚……」

麟太郎は、蕎麦屋の店主に頼んだ。

「面白い話ねえ……」

「はい。近頃、面白い捕り物、ありませんでしたか……」

「強請集《ゆすりたか》りに、万引き、置引き……」

亀吉は首を捻《ひね》った。

「それから……」

麟太郎は、亀吉の次の言葉に期待した。

「絵草紙になるような、ぱっとした捕り物はありませんね」

亀吉は、盛り蕎麦を手繰った。

「そうですか……」

麟太郎は落胆した。

「お待ちどお」

亭主が、麟太郎に新しい盛り蕎麦を持って来た。

「おう。待ちかねた……」

麟太郎の立ち直りは早かった。

亀吉は、盛り蕎麦を手繰る麟太郎に苦笑した。

「そう云《い》えば麟太郎さん、九尾《きゅうび》の狐《きつね》ってのを知っていますか……」

亀吉は訊《き》いた。

「九尾の狐……」

麟太郎は、戸惑いを浮かべて訊き返した。

「ええ……」

「大昔、年取った金色九尾の狐が美女に化けて人を騙《だま》し、陰陽師《おんみょうじ》に見破られて下野《しもつけ》の那須野《なすの》の殺生石《せっしょうせき》になったって話ですね」

麟太郎は知っていた。

「陰陽師とか殺生石ってのは良く知りませんが、古狐が美女に化けて、言い寄る男から金を巻き上げては、次々に殺すって話ですよ」

亀吉は眉《まゆ》をひそめた。

「うん。して、その九尾の狐がどうかしたんですか……」

麟太郎は、盛り蕎麦を手繰った。

「その九尾の狐じゃあないかって噂《うわさ》の女がいるんですよ」

亀吉は笑った。

「九尾の狐って噂の女……」

麟太郎は、手繰った蕎麦を喉《のど》に詰《つ》まらせた。

「大丈夫ですかい……」

亀吉は、慌《あわ》てて麟太郎に冷えた茶を渡した。

麟太郎は、冷えた茶を飲んで息を吐いた。

「ああ。助かった。で、亀吉さん、九尾の狐って噂の女の事、詳《くわ》しく話してくれませんか」

麟太郎は、身を乗り出した。

「ええ。その女、十七歳の時、許嫁《いいなずけ》のお店《たな》の若旦那《わかだんな》を流行病《はやりやまい》で亡くし、二十歳《はたち》を過ぎた頃に夫婦《めおと》になった御家人の倅《せがれ》が酔って神田川《かんだがわ》に落ちて溺《おぼ》れ死に。それで、小間物《こまもの》屋《や》の旦那の後添《のちぞ》いになったんですが、一年後に旦那は寄合《よりあい》の帰りに辻斬《つじぎ》りに斬られて……」

「死にましたか……」

麟太郎は読んだ。

「ええ……」

亀吉は頷《うなず》いた。

「それで三人ですか、男運の悪い女《ひと》ですねえ……」

麟太郎は、女に同情した。

「いえ。もう一人です」

亀吉は苦笑した。

「もう一人……」

麟太郎は眉をひそめた。

「ええ。その後に一緒になった呉服屋の隠居が心の臓の発作で……」

「四人目ですか……」

麟太郎は、溜息《ためいき》を吐いた。

「ええ。そして、その度《たび》に女は相手の男の家から纏《まと》まった金、手切れ金を貰《もら》ったとか……」

亀吉は、小さな笑みを浮かべた。

「それで、九尾の狐ですか……」

「ええ。拘《かかわ》る男を次々に殺して身代を増やす伝説の妖怪、九尾の狐の生まれ変わりだって専《もっぱ》らの噂ですよ」

「して、その女、何処《どこ》にいるんですか……」

「牛込御門《うしごめごもん》は神楽坂《かぐらざか》辺りだと聞いています」

「神楽坂……」

「ええ。何でも叔父《おじ》さんってのが、茶の湯の宗匠《そうしょう》をしていて、そこの手伝いをしているって話ですが……」

「茶の湯の宗匠の叔父さんか、女の名前は……」

「さあて、おゆりとかおゆきとか……」

亀吉は首を捻った。

「はっきり分かりませんか……」

麟太郎は、亀吉に厳しい眼を向けた。

「ええ。何たって噂ですからね……」

亀吉は笑った。

「噂……」

麟太郎は、我に返った。

「ええ。麟太郎さん、何もかもが本当だとは限らない噂ですよ」

「そうか。噂でしたね……」

麟太郎は、力が抜けたようなだらしのない笑みを浮かべた。
外堀《そとぼり》は煌《きら》めき、架《か》かっている牛込御門は外堀通りと神楽坂に続いている。
麟太郎は、牛込御門の前に立って神楽坂を眺《なが》めた。
神楽坂には様々《さまざま》な者が行き交っていた。
よし、九尾の狐だ……。
麟太郎は、己《おのれ》に云い聞かせて神楽坂を上がった。
次々と男と拘る女なら伝説通りの美女、良い女に違いない……。
麟太郎は、神楽坂を下りて来る粋な形《なり》の女を振り返りながら上がった。
神楽坂の上にある善國寺《ぜんこくじ》は毘沙門天《びしゃもんてん》が名高く、参拝客が訪れていた。
麟太郎は参拝し、境内の隅の茶店の縁台に腰掛け、大年増の女将《おかみ》に茶を頼んだ。
「はい。只今《ただいま》……」
女将は返事をし、奥に入って行った。
麟太郎は、行き交う参拝客を眺めた。
「お待たせしました」

女将は、茶を持って来た。

「おう……」

麟太郎は茶を飲んだ。

「ありがとうございました」

女将は、帰る老夫婦の客を見送り、茶碗や皿を片付け始めた。

「女将さん、ちょいと訊きたい事があるんだが……」

「あら、何ですか……」

「神楽坂には狐がいるそうだね」

麟太郎は、女将に笑い掛けた。

「狐……」

女将は眉をひそめた。

「ああ。九尾の狐だ……」

麟太郎は笑った。

「ああ。噂の狐ですか……」

女将は苦笑した。

「うん。知っているか……」

「噂だけは……」

女将は、苦笑しながら頷いた。

「そうか。して、その狐の巣穴はどこかな」

「此《こ》の先の肴町《さかなまち》の角を南に曲がると、光照院《こうしょういん》ってお寺がありましてね。その門前町にありますよ」

「光照院の門前町か……」

「ええ。そこに堀川《ほりかわ》ってお茶の師匠がいましてね。そこが狐の巣穴ですよ」

「狐の名は……」

「確か雪乃《ゆきの》さんだと……」

「雪乃……」

麟太郎は、九尾の狐と噂される女の名を知った。

「ええ。お気の毒に、男運の悪い人ですよねえ……」

女将は、拘る男を食い殺す九尾の狐の噂をしながらも、雪乃に同情した。

「そうだな……」

麟太郎は頷き、多めの茶代を縁台に置いた。

茶の湯の宗匠堀川宗舟《そうしゅう》の家は、板塀《いたべい》に囲まれた大きな家だった。

『茶の湯教授・古流堀川宗舟』と書かれた古い看板が、木戸門に掛けられていた。

此処《ここ》か……。

麟太郎は、茶の湯の宗匠堀川宗舟の家を窺《うかが》った。

板塀の廻《まわ》された大きな家は、静寂に覆《おお》われていた。

此処に九尾の狐がいる……。

麟太郎は、板塀に囲まれた大きな家を眺めた。

さあて、九尾の狐と噂される雪乃とは、どのような女なのだ。

早く顔を拝みたいものだ……。

麟太郎は、辺りを見廻した。

板塀に囲まれた堀川宗舟の家の斜向《はすむ》かいには、小さな煙草屋《たばこや》があった。

麟太郎は、小さな煙草屋に向かった。


「邪魔をする……」

麟太郎は、小さな煙草屋に入った。

「いらっしゃい……」

煙草屋の老爺《ろうや》は、麟太郎を迎えた。

「国分《こくぶ》を一袋、貰おうか……」

麟太郎は、刻み煙草の国分を買って店先の縁台に腰掛けた。そして、袂《たもと》の底から小さな煙管《きせる》を探し出し、雁首《がんくび》に国分を詰め、煙草盆の火を付けた。

麟太郎は、紫煙を吐きながら堀川宗舟の大きな家を眺めた。

「お侍、出涸《でが》らしだが、飲むかい……」

老爺は、僅《わず》かに色の付いた出涸らし茶を差し出した。

「此奴《こいつ》はありがたい……」

麟太郎は、老爺に礼を述べて出涸らしを飲みながら煙草を燻《くゆ》らせた。

「お侍。噂の狐見物かい……」

老爺は、麟太郎に話し掛けた。

「う、うん。父《と》っつあん、見た事あるのかな」

麟太郎は小さく笑った。

「そりゃあもう、噂通りの良い女だよ」

老爺は苦笑した。

「そうか。そいつを拝むには、茶の湯の弟子になるのが一番かな……」

麟太郎は、手立てを考えた。

「そいつがお侍、無理なんだな」

老爺は、麟太郎を哀れむように一瞥《いちべつ》した。

「無理……」

麟太郎は、戸惑いを浮かべた。

「ああ。堀川宗舟の茶の湯の弟子は、大店《おおだな》の旦那やお嬢さん、旗本なんかのお武家が多くてね。堀川宗舟、出稽古《でげいこ》が専らの茶の湯の師匠なんだぜ」

「ほう。出稽古が専らか……」

麟太郎は知った。

「ええ。その出稽古先の大店の御隠居が噂の狐と拘った四人目の男でね……」

老爺は、誰もいない周囲を見廻して囁《ささや》いた。

「えっ。そうなのか……」

麟太郎は眉をひそめた。

「ああ……」

老爺は、面白そうに笑いながら頷いた。

若い男が、二挺《ちょう》の町駕籠《まちかご》を誘《いざな》って来た。

「おっ、堀川の内弟子だ……」

老爺は、若い男を見定めた。

内弟子は、二挺の町駕籠を堀川家の木戸門の前に待たせ、家に入って行った。

「さあて、お出掛けかな……」

老爺は読んだ。

麟太郎は見守った。

十徳《じっとく》姿の恰幅《かっぷく》の良い初老の男が、年増を伴って堀川家の木戸門から出て来た。

十徳姿の初老の男が茶の湯の宗匠の堀川宗舟であり、年増が姪《めい》の雪乃なのだ。

噂の九尾の狐……。

麟太郎は見定めた。

堀川宗舟と雪乃は、二挺の町駕籠にそれぞれ乗り込んだ。

雪乃は、色白で噂通りの美人だった。

「見たかい……」

老爺は囁いた。

「ああ……」

麟太郎は頷いた。

「あの器量好しを抱きながら頓死《とんし》とは、御隠居も本望だよな……」

老爺は、羨《うらや》ましそうにだらしのない笑みを浮かべた。

「じゃあ……」

内弟子が茶道具を持ち、駕籠舁《かき》たちを促した。

堀川宗舟と雪乃を乗せた二挺の駕籠は、宗舟の老妻、女中、下男たちに見送られて出掛けて行った。

よし……。

「父っつあん、邪魔したな……」

麟太郎は、内弟子と二挺の町駕籠を追った。


内弟子と二挺の町駕籠は、光照院門前町から肴町に抜け、神楽坂の通りに出た。

麟太郎は尾行《つけ》た。

茶の湯の出稽古に何処に行く……。

神楽坂を下りた内弟子と二挺の町駕籠は、外堀沿いの道を小石川《こいしかわ》御門に向かった。

麟太郎は追った。

内弟子と二挺の町駕籠は、小石川御門、水戸《みと》藩江戸上屋敷の間を通り、水道橋《すいどうばし》に差し掛かった。

神田川には猪牙舟《ちょきぶね》が行き交っていた。

内弟子と二挺の町駕籠は、神田川に架かっている水道橋を渡って小川町《おがわまち》の旗本屋敷街に進んだ。

旗本の弟子の屋敷に出稽古か……。

麟太郎は読んだ。

旗本屋敷街には行き交う人も少なく、静けさに満ちていた。

内弟子と二挺の町駕籠は進み、或《あ》る旗本屋敷の門前に止まった。

内弟子は、旗本屋敷の閉められている表門脇の潜り戸《くぐりど》に駆け寄り、顔を見せた中間《ちゅうげん》に何事かを告げた。

潜り戸が開いた。

堀川宗舟と雪乃が町駕籠を下り、内弟子を従えて潜り戸から旗本屋敷に入った。

二挺の町駕籠は、表門脇で待った。

麟太郎は見届けた。

誰の屋敷なのか……。

そして、只の茶の湯の出稽古なのか……。

麟太郎は、想いを巡らせた。

先《ま》ずは誰の屋敷かだ……。

麟太郎は、周囲を見廻した。

斜向かいの旗本屋敷の裏手から、行商の小間物屋が荷物を背負って出て来た。

麟太郎は駆け寄った。

「やあ……」

麟太郎は、行商の小間物屋を呼び止めた。

「は、はい……」

行商の小間物屋は、怪訝《けげん》な面持ちで立ち止まった。

「ちょいと訊きたいんだが……」

麟太郎は、行商の小間物屋に素早く小銭を握らせた。

「えっ、何ですか……」

小間物屋は、小銭を握り締めた。

「斜向かいの、町駕籠が止まっている屋敷、誰の屋敷か知っているかな」

麟太郎は尋ねた。

「は、はい。あそこは桑原主水《くわはらもんど》さまのお屋敷ですよ」

小間物屋は、二挺の町駕籠の止まっている旗本屋敷を一瞥した。

「桑原主水……」

麟太郎は、堀川宗舟と雪乃の入った屋敷を眺めた。

「ええ……」

「桑原屋敷の者で茶の湯を学んでいる方はいるのかな……」

「さあて、桑原さまは、去年奥方さまを亡くされ、お子さまは若さまが二人で御隠居はいないそうですから、茶の湯をやるとしたらお殿さまの主水さまですかね……」

行商の小間物屋は読んだ。

「そうか。屋敷の主《あるじ》の桑原主水か……」

去年、奥方を亡くした桑原主水は、雪乃を見染めて茶の湯の稽古に同行するように堀川宗舟に頼んだのかもしれない。

「ええ。あの、お侍さま……」

行商の小間物屋は、小銭を握り締めて先を急いだ。

「うん。造作を掛けたな……」

麟太郎は、礼を告げて行商の小間物屋を見送った。

桑原主水は、雪乃を見染めて九尾の狐の噂があるのにも拘らず、後添いか側室に迎えようとしているのかもしれない。

麟太郎は、桑原屋敷を眺めた。

半刻《はんとき》（約一時間）が過ぎた。

桑原屋敷から堀川の内弟子が現れ、二挺の町駕籠を呼んだ。

二挺の町駕籠は、潜り戸に近付いた。

堀川宗舟と雪乃が現れ、二挺の町駕籠にそれぞれ乗り込んだ。

茶の湯の宗匠の堀川宗舟と雪乃を乗せた二挺の町駕籠は、内弟子を従えて来た道を戻り始めた。

麟太郎は尾行した。


二挺の町駕籠と内弟子は、旗本屋敷街から神田川に架かっている水道橋を渡った。

麟太郎は追った。

二挺の町駕籠は、水道橋を渡って止まった。

内弟子は、前の町駕籠に近付いた。

前の町駕籠の垂《たれ》を上げて堀川宗舟が顔を見せ、内弟子に何事かを告げた。

内弟子は頷いた。

堀川宗舟の乗った町駕籠は、神田川沿いの道を昌平橋《しょうへいばし》に向かった。

内弟子は見送り、雪乃の乗った町駕籠を促して牛込御門に向かった。

堀川宗舟と雪乃は別れた。

麟太郎は迷った。

堀川宗舟と雪乃のどちらを追うか……。

だが、迷いは一瞬だった。

麟太郎は、雪乃の乗った町駕籠を追った。

此のまま光照院門前町の堀川宗舟の家に帰るのか……。

麟太郎は追った。

二

雪乃の乗った町駕籠は、神田川沿いの道を進んで牛込御門に差し掛かった。

「駕籠屋さん、ちょいと停めて下さいな……」

雪乃は、町駕籠の中から駕籠舁きに声を掛けた。

「はい……」

駕籠舁きは、町駕籠を停めた。

雪乃は、町駕籠の垂を上げて外堀を眺めた。

外堀は煌めいた。

雪乃は、眩《まぶ》し気《げ》に眼を細めた。

「雪乃さま……」

内弟子は、戸惑った面持ちで雪乃の傍《かたわ》らに来た。

「青宗《せいそう》さん、神楽坂は歩いて上がります。駕籠賃、お願いしますよ」

雪乃は、内弟子の青宗に頼んで神楽坂を上がり始めた。

「あっ、雪乃さま、手前がお供を……」

内弟子の青宗は、駕籠舁きに駕籠賃を払い始めた。

麟太郎は、雪乃を追って神楽坂を上がった。

神楽坂の北側には旗本屋敷が続き、南側には市谷田町《いちがやたまち》四丁目代地の町家が連なり、人々が行き交っていた。

雪乃は、足早に神楽坂を上がった。

麟太郎は、雪乃を尾行た。
雪乃の美しさは人目を惹《ひ》いた。
雪乃と擦《す》れ違う男たちは、必ずと云って良い程に振り返った。
雪乃は俯《うつむ》き、足早に神楽坂を上がった。
麟太郎は、振り返った。
内弟子の青宗が駕籠賃を払い、慌てて雪乃を追って来ていた。
麟太郎は、雪乃を見た。
雪乃はいなかった。
麟太郎は驚き、神楽坂を駆け上がった。
雪乃は、神楽坂の南側に続く市谷田町四丁目代地の町家の路地に曲がった。
麟太郎は睨《にら》み、追って路地に曲がった。
路地の奥に雪乃の姿が見えた。
麟太郎は追った。
雪乃は、町家の路地を足早に進んだ。
それは、明らかに内弟子の青宗から逃げようとしている足取りだ。
麟太郎の勘が囁いた。

何故《なぜ》だ……。

何処に行く……。

堀川宗舟の家に帰らないのか……。

そして、雪乃は何をする気なのだ。

麟太郎は、戸惑いを覚えながら雪乃を追った。

雪乃は、路地を曲がりながら進み、外堀に向かっていた。

麟太郎は追った。

雪乃は、路地の角で立ち止まり、後退《あとずさ》りをした。

どうした……。

麟太郎は、咄嗟《とっさ》に隠れた。

後退りした雪乃の前に、派手な半纏《はんてん》を着た二人の遊び人が薄笑いを浮かべて現れた。

「姉さん、一緒に酒でも飲まねえか……」

「な、良いだろう……」

二人の遊び人は、下卑《げび》た笑みを浮かべて雪乃の手を摑《つか》んだ。

「無礼をすると、許しませんよ」

雪乃は、二人の遊び人の手を振り払った。

「此の女《あま》……」

二人の遊び人は、雪乃に摑み掛かった。

此れ迄《まで》だ……。

麟太郎は、物陰から飛び出し、二人の遊び人に猛然と襲い掛かった。

二人の遊び人は驚き、雪乃は立ち竦《すく》んだ。

麟太郎は、遊び人の一人を蹴り飛ばし、残る一人を投げ飛ばした。

二人の遊び人は、地面に激しく叩《たた》き付けられて苦しく呻《うめ》いた。

「さ、今の内に……」

「は、はい……」

麟太郎は、立ち竦んでいる雪乃の手を取って逃げた。

「野郎、待て……」

二人の遊び人は追った。

麟太郎は、雪乃を連れて路地を逃げた。

二人の遊び人は追った。

麟太郎と雪乃の行く手の路地から、内弟子の青宗が現れた。

「あっ……」

雪乃は怯《ひる》んだ。

「ゆ、雪乃さま……」

青宗は叫んだ。

「どうする……」

麟太郎は、雪乃に訊いた。

「逃げます」

雪乃は告げた。

「分かった……」

麟太郎は、青宗の腕を捕まえ、追って来た二人の遊び人に突き飛ばした。

青宗と二人の遊び人は、縺《もつ》れ合って倒れた。

麟太郎は、雪乃を連れて逃げた。


不忍池《しのばずのいけ》には夕陽が映えた。

麟太郎と雪乃は、畔《ほとり》の古い茶店で茶を飲んで一息吐いた。

どうやら。内弟子の青宗と二人の遊び人からは逃げ切った。

「本当に危ない処《ところ》をお助け下さり、ありがとうございました」

雪乃は、麟太郎に深々と頭を下げて礼を述べた。

「いえ。礼には及びません。私は青山麟太郎、貴女《あなた》は……」

「雪乃と申します」

雪乃は、躊躇《ためら》いがちに名乗った。

「雪乃さんですか……」

「はい……」

「もう直《じき》、日が暮れます。良かったら家迄送りますよ」

麟太郎は、雪乃の出方をそれとなく窺った。

「青山さま、私は家には帰りません」

雪乃は、覚悟を決めたように告げた。

「帰らない……」

麟太郎は、戸惑いを浮かべた。

「はい……」

雪乃は頷いた。

「ならば、何処に……」

「分かりません……」

「分からない……」

麟太郎は、困惑を浮かべた。

「はい。青山さま、何処か信用出来る宿は御存知ありませんか……」

雪乃は、麟太郎に縋《すが》る眼を向けた。

「さあ。信用出来る宿など……」

麟太郎は、首を捻った。

「ならば、青山さま……」

「はい……」

「青山さまのお屋敷に今宵一夜、お泊めいただけませんか……」

雪乃は、麟太郎を見据えて頼んだ。

「わ、私の屋敷……」

麟太郎は狼狽《うろた》えた。

「はい。今宵一夜だけ。明日になれば出て参ります。ですから……」

雪乃は、必死の面持ちで麟太郎を見詰めた。

吸い込まれる……。

麟太郎は、見詰める雪乃の美しさに吸い込まれそうになった。

「青山さま……」

「う、うん。雪乃さん、私の家は屋敷などと云うものではない。それでも良ければ……」

麟太郎は観念した。

「はい。忝《かたじけ》のうございます」

雪乃は、嬉《うれ》し気な笑みを浮かべた。

「ま、礼を云われる程《ほど》のものじゃあない……」

麟太郎は苦笑した。

夕陽は沈んだ。


夜でも雪乃の美しさは人目を惹く……。

麟太郎は、雪乃を連れて明神下《みようじんした》の通りを神田川に架かっている昌平橋に向かった。

昌平橋の船着場には、客を下ろした戻りの猪牙舟が船縁《ふなべり》を寄せていた。

人目に付かずに浜町堀《はまちようぼり》に行くなら、舟で行くのに限る……。

麟太郎は、雪乃を待たせて猪牙舟の船頭と交渉した。

船頭は引き受けた。

麟太郎は、雪乃と猪牙舟に乗って浜町堀に向かった。

麟太郎と雪乃を乗せた猪牙舟は、月影の映える神田川の流れを大川《おおかわ》に向かった。


光照院門前町の茶の湯の宗匠堀川宗舟の家は、夜の闇に沈んでいた。

茶の湯の宗匠堀川宗舟は、満面に怒りを滲《にじ》ませていた。

「それで青宗、雪乃と一緒に逃げた若侍、初めて見る顔なのだな」

「左様にございます」

「出稽古先の旗本屋敷の者ではないのか……」

「はい。違います……」

「そうか。で、雪乃は神楽坂の裏路地を若侍と逃げ廻り、姿を消したのだな……」

堀川宗舟は、雪乃の腹の内を読もうとした。

「はい……」

青宗は頷いた。

「おのれ。ならば青宗、此処の処、雪乃に変わった様子はなかったのか……」

「はい。此れと云って……」

青宗は首を捻った。

「今度の旗本、桑原主水については何か云っていなかったか……」

「さあ、取り立てて聞いた覚えはありませんが、駕籠の中で吐息混じりに五人目と……」

青宗は告げた。

「五人目とな……」

宗舟は眉をひそめた。

許嫁のお店の若旦那、初めての夫の御家人の倅、後添いに入った小間物屋の主、心の臓の発作で死んだ呉服屋の御隠居……。

宗舟は、雪乃と拘りを持って死んでいった四人の男たちを思い浮かべた。

雪乃の〝五人目……〟と洩《も》らした言葉は、死んでいった四人に続く者と云う意味なのだ。

宗舟は読んだ。

そして、雪乃は旗本の桑原主水が自分と深く拘り、五人目になるのを恐れ、姿を消したのかもしれない。

宗舟は睨んだ。

それにしても分からないのは、雪乃を助けた若侍だ。

何者なのだ……。

雪乃とどんな拘りがあるのか……。

何《いず》れにしろ、雪乃を此のまま放っては置けないのだ。

一刻も早く捜《さが》し出し、連れ戻さなければならない……。

宗舟は、微《かす》かな焦りを覚えた。

「で、雪乃と若侍のその後の足取りは……」

「はい。偶々《たまたま》出逢った二人の遊び人に金を握らせ、捜させておりますが……」

青宗は眉をひそめた。

「うむ。青宗、片岡又八郎《かたおかまたはちろう》を呼んで来てくれ」

宗舟は命じた。

「はい。では……」

青宗は、宗舟の座敷から出て行った。

「おのれ、雪乃……」

宗舟は、苛立《いらだ》ちを過《よぎ》らせた。

浜町堀には三味線《しやみせん》の爪弾《つまび》きが洩れていた。

猪牙舟は、浜町堀に架かっている千鳥橋《ちどりばし》の船着場に船縁を寄せた。

「気を付けて……」

麟太郎は、雪乃を猪牙舟から下ろし、船頭に船賃を払った。

元浜町《もとはまちょう》は静かな夜を迎えていた。

麟太郎は、雪乃を連れて元浜町の裏通りに向かった。

閻魔堂は月明かりを浴び、蒼白く浮かんでいた。

麟太郎は閻魔堂に手を合わせ、雪乃を伴って閻魔長屋に入った。

「此処が私の屋敷ですよ」

麟太郎は、閻魔長屋の家を示した。

「はい……」

雪乃は、驚きも戸惑いもせずに頷いた。

「じゃあ……」

麟太郎は、腰高障子《こしだかしょうじ》を開けた。

行燈《あんどん》の明かりは、古く狭い家の中を照らした。

「さ、どうぞ……」

麟太郎は、狭い土間にいる雪乃を招いた。

「はい。お邪魔します……」

雪乃は、物珍しそうに狭い家の中を見廻しながら上がった。

「今、湯を沸《わか》します……」

麟太郎は、鉄瓶《てつびん》に水を入れようとした。

「それなら、私がやります」

雪乃は、土間に下りて鉄瓶に水を入れ、竈《かまど》に掛けた。

麟太郎は、行燈の火を付木《つけぎ》に移して、雪乃に渡した。

雪乃は、付木の火を竈の薪《まき》に移した。

火は勢い良く燃え始めた。

「上手《うま》いものですね」

麟太郎は感心した。

「此れぐらいは……」

雪乃は苦笑した。

竈の火は燃え上がり、揺れた。


雪乃は、残り飯と野菜の切れ端で雑炊を作った。

麟太郎は、雑炊を食べた。

「此奴は美味《うま》い……」

麟太郎は驚いた。

「ありがとうございます」

雪乃は、恥ずかしそうに笑った。

麟太郎は、雑炊を食べ続けた。

「本当に美味い……」

麟太郎は、雪乃の料理の腕に感心した。


遅い夕食を終えた麟太郎と雪乃は、白湯《さゆ》を飲んだ。

「青山さまは、浪人なのですか……」

「ええ。今は地本《じほん》問屋の手伝いなどをしています」

麟太郎は笑った。

「そうですか……」

「ええ。雪乃さんは……」

「私は、叔父が茶の湯の宗匠をしており、その手伝いを……」

「じゃあ、帰りたくない家とは……」

「叔父の家です」

「そうでしたか……」

「はい。私の実家はさる大名家の家臣でしたが、父がお役目をしくじって切腹し、私は茶の湯の宗匠をしていた叔父に引き取られ、それからいろいろありましてね。私は運の悪い女なのです……」

雪乃は、淋し気に笑った。

「そいつは大変でしたね……」

麟太郎は、己の半生を淋し気に笑う雪乃に同情した。

何処かの寺の鐘が亥《い》の刻《こく》四つ（午後十時）を報せた。

「おっ、亥の刻だ。じゃあ、雪乃さんは此処で寝て下さい」

麟太郎は、刀を手にして出て行こうとした。

「あの、青山さまは……」

雪乃は戸惑った。

「私は、木戸の横の閻魔堂で寝ます」

麟太郎は笑った。

「閻魔堂で……」

「ええ。閻魔大王は私の親分でしてね。じゃあ、お休みなさい」

麟太郎は、家から出て行った。

雪乃は、頭を下げて麟太郎を見送った。

行燈の明かりに照らされた横顔には、涙が零《こぼ》れ落ちた。


閻魔大王は笑っていた。

麟太郎には、閻魔大王の憤怒の顔がそう見えた。

「ま、何とでも思うが良いさ。とにかく一晩、厄介《やっかい》になりますよ」

麟太郎は、刀を抱えて壁に寄り掛かった。

雪乃は、叔父である茶の湯の宗匠堀川宗舟の家に帰らず、どうするのだ……。

堀川宗舟は雪乃が家を出てどうするか……。

麟太郎は、雪乃と堀川宗舟の腹の内を読もうとした。

夜廻りの木戸番の打つ拍子木の音が、夜の静寂に甲高《かんだか》く鳴り響いた。

「おっ……」

麟太郎は、耳を澄ませた。

木戸番の夜廻りの拍子木は近付いてくる。

「よし……」

麟太郎は、閻魔堂を出た。


閻魔長屋は洗濯時も終わり、静けさが戻った。

麟太郎と雪乃は、遅い朝飯を食べ終えた。

「本当にお世話になりました……」

雪乃は、麟太郎に手をついて礼を述べた。

「いえ。それより雪乃さん、此れからどうするのですか……」

麟太郎は尋ねた。

「はい。知り合いの処に参りますので、御心配なく……」

雪乃は微笑《ほほえ》んだ。

「そうですか、それなら良いですが。ま、何かあれば、いつ戻って来ても構いませんよ」

麟太郎は笑った。

雪乃は、麟太郎に挨拶《あいさつ》をし、閻魔長屋から足早に出て行った。

麟太郎は、木戸で見送った。

「流石《さすが》に九尾の狐。美人ですねえ」

亀吉は、感心した面持ちで閻魔堂から出て来た。

「ええ。此れからどうするのか、見守ってやって下さい」

「ええ。で、麟太郎さんは……」

「茶の湯の宗匠の堀川宗舟を……」

「神楽坂の叔父さんですか……」

「ええ。雪乃さんが逃げ出し、どうしているのか……」

「分かりました。じゃあ……」

亀吉は、雪乃を追って立ち去った。

「よし……」

麟太郎は、家に戻って刀を腰に差し、閻魔長屋を出た。

浜町堀から人形町《にんぎようちよう》、東西の堀留川《ほりどめがわ》、そして日本橋《にほんばし》の通り……。

雪乃は、足早に進んだ。

亀吉は尾行た。

雪乃は、日本橋の通りを横切って外堀に出た。そして、外堀沿いを進んで日本橋川に架かる一石橋《いつこくばし》を渡り、呉服橋《ごふくばし》御門に進んだ。

ひょっとしたら……。

呉服橋を渡ると北町奉行所がある。

亀吉は、雪乃が北町奉行所に行くと読んだ。

雪乃は、呉服橋御門を渡って北町奉行所に向かった。

やっぱり……。

亀吉は戸惑った。

三

月番の北町奉行所は表門を八文字に開き、多くの人が出入りをしていた。
雪乃は、北町奉行所の表門に向かった。
北町奉行所に何の用があるのだ……。
亀吉は追った。
刹那《せつな》、雪乃は物陰に隠れた。
どうした……。
亀吉は、物陰に隠れた雪乃を見守った。
雪乃は、厳しい面持ちで一方を見詰めていた。
亀吉は、雪乃の視線を追った。
視線の先には、背の高い浪人と半纏を着た男がいた。
背の高い浪人と半纏を着た男は、北町奉行所に出入りする者を見ていた。
雪乃は、踵《きびす》を返して呉服橋に戻り始めた。
亀吉は、雪乃を追った。

雪乃は、呉服橋御門の途中に立ち止まり、欄干《らんかん》に寄った。

亀吉は見守った。

雪乃は、外堀を眺め、哀し気な面持ちで吐息を洩らした。

外堀には水鳥が遊び、波紋が幾重にも広がっていた。

雪乃は、欄干を離れ、重い足取りで呉服橋御門を渡った。

亀吉は追った。


神楽坂の上には蒼い空が広がっていた。

麟太郎は、神楽坂を上がって肴町を南に曲がった。

光照院門前町にある茶の湯の宗匠堀川宗舟の家は、板塀の木戸門を開けていた。

麟太郎は、斜向かいの煙草屋に向かった。

「父っつあん、邪魔するよ」

麟太郎は、煙草屋の老爺に声を掛けて店先の縁台に腰掛けた。

「おう。お侍、いらっしゃい……」

老爺は、笑顔で麟太郎を迎えた。

麟太郎は、堀川宗舟の家を眺めた。

堀川宗舟の家には、浪人や遊び人が入って行った。

「へえ。茶の湯とは縁遠い奴らだな」

麟太郎は苦笑した。

「ああ。食詰め浪人に遊び人、宗舟の野郎の取り巻きだよ」

老爺は、麟太郎に出涸らし茶を差し出した。

「済まないな。して、宗舟の処で何かあったのかな……」

麟太郎は惚《とぼ》け、出涸らしを飲みながら探りを入れた。

「お侍、堀川家の下男の父っつあんに聞いたんだが、九尾の狐が逃げちまったそうだぜ」

老爺は声を潜めた。

「へえ、狐がね……」

麟太郎は、尤《もっと》もらしい顔で頷いた。

「ああ。それで、宗舟の野郎、慌てて取り巻きを集めて捜させているそうだ」

「だが、狐は家来でも奉公人でもない。何処に行こうが、良いではないか……」

麟太郎は首を捻った。

「処がそうはいかないらしい……」

老爺は苦笑した。

「どう云う事だ……」

「狐は大事な客寄せ、相手が死んで渡された纏まった金の殆《ほとん》どは、宗舟の野郎が懐に入れているって話でな……」

「じゃあ、九尾の狐は宗舟の金蔓《かねづる》か……」

麟太郎は知った。

「ま。そんな処だ。だから、宗舟の野郎、取り巻きに捜させているんだぜ」

老爺は読んだ。

「そう云う事か……」

麟太郎は、宗舟が雪乃を捜す理由を知った。

だが、それにしては騒ぎ過ぎだ。

理由は、金蔓の他にも何かがあるのかもしれない。

麟太郎は読んだ。

あるとしたら何だ……。

麟太郎は、想いを巡らせた。

内弟子の青宗が、二人の浪人と遊び人たちと木戸門から出て行った。

追ってみるか……。

「父っつあん、茶代だ……」

麟太郎は、縁台に一朱銀を置いた。

「出涸らし代には多すぎる……」

老爺は戸惑った。

「此れからも話が訊きたくてな……」

「それなら、新しい話を仕入れておくよ」

老爺は、嬉し気に一朱銀を握り締めた。

「ああ。序《つい》でに宗舟の見張りもな」

麟太郎は笑った。

「ああ。任せておきな……」

老爺は、歯のない口元を綻《ほころ》ばせた。

麟太郎は、青宗、二人の浪人、遊び人たちを追った。

青宗、二人の浪人、遊び人たちは、神楽坂を下りて牛込御門外に出た。

雪乃を捜しに行くのか……。

麟太郎は追った。

青宗、二人の浪人、遊び人は、神田川沿いを進んで小石川御門、水道橋を過ぎて昌平橋の北詰《きたづめ》に出た。

青宗は、二人の浪人と遊び人に声を掛けて立ち止まった。

二人の浪人と遊び人は頷き、青宗と別れて昌平橋を渡って神田八《や》つ小路《こうじ》に向かった。

青宗は見送り、筋違《すじかい》御門に進んだ。

麟太郎は、青宗を尾行た。

筋違御門前には、神田花房町《はなぶさちょう》や佐久間町《さくまちょう》などが続いていた。

青宗は、神田花房町を進んだ。

麟太郎は尾行た。

青宗は、神田佐久間町にある一軒の店の暖簾《のれん》を潜った。

麟太郎は、青宗の入った店の看板を見た。

看板には、薬種屋『秀宝堂《しゅうほうどう》』と書かれていた。
「薬種屋秀宝堂……」
麟太郎は、青宗が薬種屋『秀宝堂』に入ったのを見届けた。
青宗は、『秀宝堂』に薬を買いに来ただけなのかもしれない。
だとしたら、何の薬なのか……。
それとも、他に用があって来たのか……。
麟太郎は気になった。

不忍池の畔には木洩《こも》れ日《び》が揺れた。
雪乃は、店先の縁台に腰掛けて茶を飲んだ。
亀吉は、雑木林から雪乃を見守っていた。
雪乃は、北町奉行所を出てから人目を避けるかのように様々な処を歩いた。
俯き加減で歩く雪乃の足取りは重かった。
行く当てのない足取り……。
亀吉は、雪乃が行く当てもなく歩き廻っていると読んだ。
北町奉行所に何の用だったのだ……。

亀吉は、茶店で茶を飲む雪乃を見守った。
東叡山寛永寺《とうえいざんかんえいじ》の申の刻七《さる》つ（午後四時）を報せる鐘の音が、不忍池の水面に響いた。
雪乃は、縁台に茶代を置いて茶店を出た。
次は何処に行く……。
亀吉は追った。

内弟子の青宗は、薬種屋『秀宝堂』から出て来た。
何かの薬を買って来たのか……。
麟太郎は、青宗を見守った。
青宗は、神田川沿いの道を昌平橋に向かった。
神楽坂に帰るのか、それとも何処か他の処に行くのか……。
麟太郎は追った。

外堀に西日が映えた。
雪乃は、外堀沿いを日本橋川に架かっている一石橋に向かっていた。

亀吉は追った。

ひょっとしたら、また北町奉行所に行くのか……。

亀吉は読み、雪乃を追った。

雪乃が一石橋に差し掛かった時、反対側から浪人と半纏を着た男がやって来た。

北町奉行所の門前にいた背の高い浪人と半纏を着た男だった。

拙《まず》い……。

亀吉は焦った。

半纏を着た男が雪乃に気が付いた。

雪乃は、半纏を着た男と背の高い浪人に気が付き、一石橋を渡らず、慌てて日本橋川沿いの道に曲がり、逃げた。

背の高い浪人と半纏を着た男は、雪乃を追って一石橋を走って渡った。

亀吉は、咄嗟に呼子笛《よびこぶえ》を吹き鳴らした。

背の高い浪人と半纏を着た男は、驚き戸惑った。

亀吉は、十手《じって》を握り締めて背の高い浪人と半纏を着た男に走った。

「な、何だ、手前《てめえ》……」

背の高い浪人と半纏を着た男は、怯みながらも怒鳴った。

「煩《うる》せえ……」
亀吉は、半纏を着た男に目潰しを投げた。
目潰しは、半纏を着た男に当たり、灰色の粉を撒《ま》き散らした。
半纏を着た男と背の高い浪人は、目潰しの灰色の粉に塗《まみ》れて怯んだ。
亀吉は、日本橋川沿いの道を逃げた雪乃を追った。
亀吉は走った。
行く手の人の中に、小走りに行く雪乃の姿が見えた。
雪乃だ……。
亀吉は、微かに安堵《あんど》しながら走った。
雪乃は、日本橋川沿いの道を日本橋に急いでいた。
亀吉は追った。
雪乃は、日本橋の北詰の人混みを抜け、尚《なお》も日本橋川沿いを進んだ。
西堀留川は夕陽に染まった。
雪乃は、西堀留川に架かっている荒布橋《あらめばし》の袂に佇《たたず》み、乱れた息を整えた。

叔父の堀川宗舟は、姪の雪乃が町奉行所に駆け込むのを恐れ、取り巻きの浪人の片岡又八郎たちに見張らせている。

おそらく南町奉行所にも見張っている者がいるのだ。

町奉行所に駆け込むのは無理なのか……。

どうしたら良いのだ。

雪乃は、日本橋川に飲み込まれていく西堀留川の流れを哀し気に見詰めた。

「ま、何かあれば、いつ戻って来ても構いませんよ……」

麟太郎の笑顔と言葉が蘇《よみがえ》った。

雪乃の眼に涙が溢《あふ》れた。


亀吉は、荒布橋の袂に佇む雪乃を眺めた。

雪乃は、重い足取りで荒布橋を渡り、照降町《てりふりちょう》を進んで東堀留川に架かっている親父橋《おやじばし》に向かった。

亀吉は追った。

東堀留川を渡れば人形町であり、浜町堀だ。

浜町堀の傍には、麟太郎の暮らす元浜町の閻魔長屋がある。

雪乃は、元浜町に行くのかもしれない。

亀吉は気が付いた。

雪乃に行く当てはないのだ……。

亀吉は、人形町に向かう雪乃を追った。


内弟子の青宗は、光照院門前町の茶の湯の宗匠堀川宗舟の家に帰った。

麟太郎は、見届けて神田佐久間町の薬種屋『秀宝堂』に取って返した。

薬種屋『秀宝堂』は、手代や小僧が店仕舞いをしていた。

麟太郎は、店仕舞いの点検をしていた手代に声を掛けた。

「はい。何でしょうか……」

手代は、麟太郎に怪訝な眼を向けた。

「さっき、神楽坂の茶の湯の宗匠堀川宗舟の内弟子が来たね……」

麟太郎は、手代に素早く小銭を握らせた。

「は、はい……」

「薬を買いに来たのかな……」

「いいえ……」

手代は、戸惑いを浮かべて首を横に振った。

「じゃあ、何しに来たのかな……」

「そ、それは……」

手代は躊躇った。

「云えないのなら、南町奉行所の同心の旦那に来て貰う事になるが……」

麟太郎は、それとなく脅《おど》しを掛けた。

「それには及びません。青宗さんは、今迄に買っていた石見《いわみ》銀山の事を内緒にしてくれと番頭さんに頼みに来たんです」

手代は狼狽えた。

「石見銀山……」

麟太郎は眉をひそめた。

〝石見銀山〟は、砒石《ひせき》で作った殺鼠剤《さっそざい》であり、人にも毒だ。

青宗は、おそらく宗匠の堀川宗舟の指図で石見銀山を買いに来ていたのだ。

「はい……」

手代は頷いた。

「その石見銀山を買っていたのを、内緒にしてくれと頼みに来たのだな……」

麟太郎は念を押した。

「はい。随分《ずいぶん》と長い間、お買い下さっていましたから……」

「随分と長い間か……」

堀川宗舟は、石見銀山を買っていた事を隠そうとしている。

麟太郎は知った。

夕陽は沈み、神田川の流れには月影が揺れ始めた。


元浜町の裏通りに人通りは減った。

閻魔長屋の家々には明かりが灯《とも》され、亭主たちも仕事から帰り、楽し気な夕食時を迎えていた。

亀吉は、木戸から麟太郎の家を見張っていた。

麟太郎の家には、小さな明かりが灯されていた。

あれから雪乃は、買い物をして閻魔長屋の麟太郎の家に帰って来た。そして、手早く夕食の仕度をし、麟太郎の帰りを待っているのだ。

男を食い殺す九尾の狐とは思えない、まるで世話女房のようだ。

亀吉は苦笑し、或る事に気が付いた。

拘る男……。

雪乃は、今迄に拘った四人の男に死なれていた。

ならば、麟太郎は五人目の拘る男なのか……。

亀吉は眉をひそめた。

もし、九尾の狐の噂が本当なら、麟太郎は雪乃に拘る五人目の男として命を落とすのかもしれない。

麟太郎さん……。

亀吉は緊張した。

「亀さん……」

麟太郎の声が背後からした。

「えっ……」

亀吉は、慌てて振り返った。

背後に麟太郎の笑顔があった。

「うっ……」

亀吉は、思わず仰《の》け反《ぞ》った。

「どうしました……」

麟太郎は、戸惑いを浮かべた。

「え、ええ。いえ、まあ……」

亀吉は、直《す》ぐに我に返って言葉を濁した。

「亀さんが此処にいるのをみると……」

麟太郎は、自分の家を見た。

麟太郎の家には、小さな明かりが灯されていた。

「雪乃さん、行く処、なかったようですね」

麟太郎は読んだ。

「いえ。行く処はあるんですが、背の高い浪人と遊び人がいましてね」

亀吉は、腹立たし気に告げた。

「背の高い浪人と遊び人……」

麟太郎は、厳しさを過らせた。

「ええ。雪乃さん、二度も北町奉行所に行ったんですがね。背の高い浪人と遊び人が表門の前にいたり、追って来るので逃げて来たんですよ」

「北町奉行所に……」

麟太郎は眉をひそめた。

「ええ……」

亀吉は頷いた。

「そして、此処に来ましたか……」

「ええ。で、そっちは何か分かりましたか……」

亀吉は尋ねた。

「ええ。堀川宗舟、取り巻きの浪人や遊び人に雪乃さんを捜させていましてね」

「じゃあ、北町奉行所にいた背の高い浪人と遊び人、堀川宗舟の取り巻きでしたか……」

亀吉は、雪乃を追った背の高い浪人と遊び人が何者か知った。

「間違いありません。で、堀川宗舟の内弟子の青宗、神田佐久間町にある秀宝堂って薬種屋に行きましてね」

「薬種屋ですか……」

「ええ。今迄に何度か石見銀山を買ったのを内緒にしてくれと頼みにね」

麟太郎は苦笑した。

「なんですか、そりゃあ……」

亀吉は眉をひそめた。

「亀さん、雪乃さんと一緒になった御隠居、頓死と聞きましたが、梶原《かじわら》の旦那に詳しく調べて貰えませんかね……」

　麟太郎は笑い掛けた。


「お帰りなさい……」

　雪乃は、帰って来た麟太郎を緊張した面持ちで迎えた。

「やあ……」

　麟太郎は、笑顔で家にあがった。

「お言葉に甘えて戻って参りました……」

　雪乃は、麟太郎に手をついて頭を下げた。

「遠慮は無用ですよ」

　麟太郎は笑った。

「麟太郎さま……」

　雪乃は、安堵を滲《にじ》ませた。

「それより、美味そうな匂いですね」

　麟太郎は、辺りの匂いを嗅《か》いだ。

「あっ、鯵《あじ》の塩焼きと野菜の煮付けを作っておきました。直ぐに温めます」

雪乃は、竈の火を燃やし、焼いておいた鯵を炙《あぶ》り、味噌汁を温めた。

麟太郎は見守った。

雪乃は、遅い夕食を手際良く支度をした。

九尾の狐とは思えない甲斐甲斐《かいがい》しさだ……。

麟太郎は微笑んだ。

四

非番の南町奉行所は表門を閉じ、静寂に覆われていた。

非番と云っても休みではなく、新たな件を受け付けず、月番の時に受け付けた件の処理をしていた。

肥前守《ひぜんのかみ》の役宅も静寂に満ちていた。

「何、九尾の狐だと……」

南町奉行の根岸《ねぎし》肥前守は、白髪《しらが》眉をひそめた。

「はい……」

内与力《うちよりき》の正木《まさき》平九郎《へいくろう》は、厳しい面持ちで頷いた。

「して、麟太郎がその九尾の狐と拘っていると申すか……」

「はい。梶原八兵衛《はちべえ》が麟太郎どのと親しくしている亀吉なる下っ引に聞いた処によりますと、麟太郎どの、九尾の狐だと噂される女を調べに行き、妙な事に巻き込まれたそうにございます」

「妙な事……」

「はい。九尾の狐と噂される女、茶の湯の宗匠をしている叔父の世話になっていたのですが、そこを逃げ出して追われ、麟太郎さんに助けられて……」

「で、拘りを持ったか……」

「はい。して、その女、月番の北町奉行所に駆け込もうとしたのですが……」

「北町に……」

「はい。ですが、叔父の追手に邪魔をされているとか……」

平九郎は眉をひそめた。

「何かいろいろ曰《いわ》くがありそうだな」

肥前守は読んだ。

「はい。それで麟太郎どの、一件を探り始め、梶原八兵衛に女の叔父の茶の湯の宗匠を調べて欲しいと……」

「申して来たか……」

「はい。梶原には構わぬと申しましたが……」

平九郎は、厳しさを滲ませた。

「どうした……」

「はい。女が噂通りの九尾の狐なら麟太郎どのの身にも何か禍《わざわい》が起こるやも知れぬと……」

平九郎は心配した。

「さあて、そいつはどうかな……」

肥前守は苦笑した。

「お奉行……」

「平九郎、今の麟太郎の身に起こる事は、たとえ禍であっても良い経験、此れからの力になる筈《はず》だ」

肥前守は笑った。

閻魔堂の格子戸の奥には、歯を剝《む》いた閻魔大王が見えた。

麟太郎は、手を合わせる雪乃を見守った。

雪乃は、合わせていた手を解《ほど》いた。

「さあて、今日はどうしますか……」

「は、はい……」

「何か手伝う事があれば、手伝いますよ」

論太郎は尋ねた。

「麟太郎さま……」

「遠慮なく……」

麟太郎は笑い掛けた。

「ならば、南町奉行所にお連れ下さい」

雪乃は、麟太郎を見詰めた。

「南町奉行所ですか……」

「はい……」

「何用あって……」

「麟太郎さま、私は人を殺したのかもしれないのです」

雪乃は、麟太郎を見据《みす》えて告げた。

「人を殺した……」

麟太郎は眉をひそめた。

「はい……」

雪乃は、哀し気に項垂《うなだ》れた。

「雪乃さん、良かったら仔細《しさい》を話して下さい」

麟太郎は、雪乃を見詰めた。


光照院門前町の茶の湯の宗匠堀川宗舟の家は、板塀の木戸門が閉められていた。

南町奉行所臨時廻《りんじまわ》り同心の梶原八兵衛は、連雀《れんじやくちよう》町の辰五郎《たつごろう》と亀吉を従えて堀川宗舟の家を眺めた。

「へえ、噂の九尾の狐、此処にいたのかい……」

梶原は苦笑した。

「はい……」

亀吉は頷いた。

「で、亀吉、茶の湯の宗匠の堀川宗舟、九尾の狐と噂される姪を使って、何か悪事を働いているのかもしれねえんだな」

辰五郎は訊いた。

「はい。それで、逃げ出した妊の九尾の狐に浪人や遊び人の追手を掛けた」

亀吉は読んだ。

「亀吉、九尾の狐が最後に拘った呉服屋の御隠居、心の臓の発作で死んだのだったな」

梶原は念を押した。

「はい。そう聞いていますが……」

「心の臓の発作ねえ」

「ええ。旦那、何か……」

「ああ。心の臓もいろいろあるからな」

梶原は笑った。

「いろいろですか……」

「脅されたか、毒を盛られたか。よし、亀吉、堀川宗舟を見張ってみろ」

「はい……」

「俺と連雀町は、心の臓の発作で死んだ呉服屋の隠居を調べてみる」

梶原はやる事を決めた。

大川三つ又には様々な船が行き交っていた。

雪乃は、三つ又を行く船を眩《まぶ》し気《げ》に眺めていた。

「ならば雪乃さん。雪乃さんは後妻に入った呉服屋の御隠居を殺したかもしれないと云うんですか……」

麟太郎は眉をひそめた。

「はい……」

雪乃は頷いた。

「殺したとしたなら、どうやって……」

「それが良く分からないのです」

雪乃は、哀し気に項垂れた。

「分からない……」

「はい。御隠居さまと私は向島《むこうじま》の隠居所で暮らしていまして、ある日、突然、心の臓の発作で倒れて……」

雪乃は、言葉を詰まらせた。

「亡くなられた……」

「はい……」

「御隠居、何か変わった物でも食べられたとかは……」

「ありません。御飯を始め、食べる物はみんな私と一緒で……」

「そうですか。して、叔父の堀川宗舟は、向島にも茶の湯の稽古に……」

「はい。五日に一度、稽古に来ていました」

「五日に一度……」

「はい……」

雪乃は頷いた。

「御隠居が心の臓の発作で倒れた日は……」

「確か稽古に来ていて、その日の夜に……」

「御隠居は倒れたのですね」

「はい。そして、そのまま……」

「して、駆け付けた医者が心の臓の発作だと診立《みた》てたのですね」

「はい……」

雪乃の眼から涙が溢れ、零れた。

麟太郎は、雪乃を痛ましく見守った。

「十七の時、許嫁の佐助《さすけ》さんを流行病で亡くし、初めて所帯を持った慎之介《しんのすけ》さまは神田川で溺れ死に、後妻に入った小間物屋の藤吉《とうきち》さんは辻斬りに殺され、そして、御隠居さまは心の臓の発作で……。私は拘った男の人に禍を及ぼす九尾の狐、不幸にする女。きっと御隠居さまは私と拘ったから、私が禍を及ぼして殺したのです」

雪乃は、己の半生に涙を零した。

「雪乃さん……」

「私が殺したのです……」

雪乃の零した涙は、美しく煌めいた。

それ故《ゆえ》、雪乃は町奉行所に自訴するつもりなのだ。

自訴……。

麟太郎は読んだ。

ならば何故、叔父の堀川宗舟は雪乃に追手を掛けて、自訴を食い止めようとしているのか……。

それは、雪乃に自訴されては困るからだ。

そこに、隠居の死の真相がある……。

麟太郎は読んだ。

「雪乃さん、南町奉行所に行くのは、もう少し待って下さい」

「麟太郎さま……」

雪乃は戸惑った。

「雪乃さん、御隠居を始めとした亡くなった方々は、貴女が禍を及ぼしたから死んだのじゃありませんよ」

「えっ……」

「そいつは、此れから私が明らかにします」

麟太郎は笑った。


上野北大門町《うえのきただいもんちょう》の呉服屋『京乃屋《きょうのや》』は、客で賑《にぎ》わっていた。

梶原八兵衛と辰五郎は、主《あるじ》の仁兵衛《にへえ》に座敷に通された。

「じゃあ、隠居の仁左衛門《にざえもん》が茶の湯の宗匠堀川宗舟の手伝いとして来た雪乃を見染めたのだな」

梶原は、仁兵衛に念を押した。

「はい。そして、父は雪乃さんを後添えにしたいと云い出したのです」

「そいつは大変だ……」

梶原は苦笑した。

「はい。幾ら何でも後添えは、後々面倒な事が起こると反対をしたら、堀川の宗匠が御隠居さまが万が一の時は、それなりの縁切り金を頂ければ結構だと云い出しましてね」

「それで、後添えに入るのを許したのか……」

「左様にございます」

「縁切り金だと……」

「はい……」

「幾らだったのかな、縁切り金は……」

梶原は訊いた。

「三百両にございます」

「三百両か……」

「はい。京乃屋の身代や権利などから考えれば、安いものでございまして……」

仁兵衛は笑った。

「して、隠居の仁左衛門が心の臓の発作で急死し、雪乃は三百両で京乃屋の一切から身を退《ひ》いたのか……」

「はい。堀川の宗匠の仰《おつしや》る通りに……」

「成《な》る程《ほど》な……」

梶原は苦笑した。


梶原八兵衛と辰五郎は、呉服屋『京乃屋』を出た。

「旦那……」

「連雀町の、どうやら九尾の狐は、堀川宗舟の仕組んだ事かもしれねえな」

「ええ……」

辰五郎は、厳しい面持ちで頷いた。

「よし、三人目の小間物屋の旦那の処に行ってみるか……」

梶原と辰五郎は、雪乃が後添えに入った小間物屋の店に向かった。


亀吉は、茶の湯の宗匠堀川宗舟の家を見張り続けた。

「おっ……」

麟太郎が現れ、堀川宗舟の家を窺いながら斜向かいの小さな煙草屋の店先の縁台に腰掛けた。

老爺が煙草屋の店から現れ、麟太郎と親し気に言葉を交わし始めた。

「どうやら、抜かりはないようだ」

亀吉は苦笑した。


「そうか。堀川宗舟、あれ以来、出掛けもしないのか……」

麟太郎は、堀川宗舟の家を眺めた。

「ああ。流石の茶の湯の宗匠堀川宗舟も九尾の狐が消えたら、神通力がなくなったようだ」

老爺は笑った。

「そうか……」

麟太郎は苦笑した。

亀吉が隣に腰掛けた。

「あれ、亀さん……」

麟太郎は戸惑った。

「今朝から見張り始めましてね」

亀吉は、堀川宗舟の家を眺めた。

「そうでしたか……」

「お侍……」

老爺が一方を示した。

頭巾《ずきん》を被《かぶ》った武士が、二人の家来を従えてやって来た。

麟太郎と亀吉は、頭巾を被った武士たちをそれとなく窺った。

頭巾を被った武士と二人の家来は、堀川宗舟の家に入って行った。

「誰ですかね……」

亀吉は眉をひそめた。

「さあて、父っつあん、知っているか……」

麟太郎は、老爺に訊いた。

「ああ。確か家来の一人、何度か此処に来ているな。うん……」

老爺は、己の言葉に頷いた。

「何処の誰だ……」

「確か駿河台《するがだい》の何とかって旗本の家来だったな……」

「駿河台の旗本の家来……」

亀吉は眉をひそめた。

「父っつあん、駿河台の旗本、桑原主水って名前じゃないかな」

麟太郎は、堀川宗舟が雪乃を伴って旗本の桑原主水の屋敷に行ったのを思い出した。

「ああ。そうだ。その桑原なんとかって旗本の家来だと。下男の留《とめ》さんが云っていた」

老爺は思い出した。

「やっぱり……」

麟太郎は小さく笑った。

「麟太郎さん、旗本の桑原主水ってのは……」

「堀川宗舟の茶の湯の弟子で、此の前、駿河台の屋敷に雪乃さんを連れて行った」

「ひょっとしたら、九尾の狐の五人目の男ですか……」

亀吉は読んだ。

「ええ。なる処だったのかもしれません」

麟太郎は頷いた。

刹那、堀川宗舟の家から男の怒号と悲鳴があがった。

麟太郎と亀吉は、弾かれたように堀川宗舟の家に走った。

茶の湯の宗匠堀川宗舟の家は、怒号と悲鳴に溢れて激しく揺れ、老妻と女中や下男が逃げ惑っていた。

麟太郎と亀吉は、怒号と悲鳴を辿《たど》って走った。

麟太郎と亀吉は、奥の座敷に踏み込んだ。

奥座敷では、内弟子の青宗が袈裟《けさ》懸《が》けに斬られて倒れ、肩から血を流した堀川宗舟が家来たちに刀を突き付けられて激しく震え、後退りしていた。

「何の騒ぎだ……」

麟太郎は一喝した。

頭巾を被った武士が、堀川を睨み付けていた眼を麟太郎と亀吉に向けた。

「お上《かみ》の御用を承《うけたまわ》っている者だ……」

亀吉が十手を見せた。

「黙れ、私は直参旗本。堀川宗舟が無礼を働いたから手討ちにした迄、町奉行所にとやかく云われる筋合いはない」

頭巾の武士は、嘲笑《ちょうしょう》を浮かべて一蹴した。

「そうですか。ならば、お引き取り下さい」

鱗太郎は告げた。

「云われる迄もなく……」

頭巾を被った武士は、二人の家来を従えて戸口に向かった。

「桑原主水さま……」

鱗太郎は、頭巾の武士に呼び掛けた。

頭巾を被った武士は、己の名を呼ばれて驚いたように振り返った。

「九尾の狐の獲物にならず、何より……」

鱗太郎は笑い掛けた。

「何……」

頭巾を被った武士は、戸惑い、混乱した。

二人の家来は、慌てて頭巾を被った武士を堀川の家から連れ出して行った。

鱗太郎と亀吉は、堀川宗舟と青宗の様子を見た。

青宗は息絶えており、堀川宗舟は激痛に醜く顔を歪《ゆが》め、苦しく息を鳴らしていた。

鱗太郎は、堀川宗舟の肩の傷を検《あらた》めた。

傷は深いが、命に拘るものではなかった。

「さあて、宗舟、何故、旗本の桑原主水に斬られたのかな……」

麟太郎は笑い掛けた。

茶の湯の宗匠の堀川宗舟は、雪乃が後添えに入った呉服屋『京乃屋』隠居の仁左衛門に石見銀山を混ぜた茶を飲ませ続け、心の臓の発作に見せ掛けて殺した。そして、小間物屋の旦那は浪人の片岡又八郎に辻斬りに見せ掛けて殺すように命じた。そして、縁切り金と称して纏まった金を秘《ひそ》かに手に入れていたのだ。

姪の雪乃が拘る男たちに死なれ、九尾の狐と噂されているのを利用しての企みだった。

堀川宗舟は、梶原八兵衛の厳しい詮議《せんぎ》を受けて白状した。

根岸肥前守は、旗本桑原主水の許に正木平九郎を遣《や》った。

堀川宗舟に深手を負わせ、青宗を斬り殺したのは家来であっても、命じたのは主の桑原主水だ。

桑原主水は、堀川宗舟が雪乃を側女《そばめ》にする話を有耶無耶《うやむや》にしたと怒り、無礼討ちにしたのだ。

肥前守は、平九郎を通じて桑原主水に嫡子に家督を譲っての隠居を勧めた。
桑原主水は、肥前守の忠告を受け入れて隠居した。

九尾の狐と噂された雪乃は、知らなかったとは云え、堀川宗舟の悪事の一端を担《にな》ったとして江戸十里四方払《ばらい》の仕置きを受けた。
雪乃は、江戸を出て髪を下ろして尼となり、自分と拘って死んでいった四人の男たちの菩提《ぼだい》を弔う事にした。

麟太郎は、江戸から出て行く雪乃を高輪《たかなわ》の大木戸に見送った。
雪乃は、振り向いて麟太郎に会釈をした。
麟太郎は、大きく手を振った。
雪乃は去って行った。
九尾の狐の五人目の男にならなくて良かった……。
麟太郎は、何故か微かに安堵した。

第四話　乱心者

一

筆は珍しく進んだ。

麟太郎《りんたろう》は、次から次に湧き上がる話の展開を書き進めていった。

今度の絵草紙に迷いはない……。

麟太郎は、刻《とき》を忘れて絵草紙を書き進めた。

刻は過ぎた。

寺の鐘の音が遠くで鳴り響いた。

「おっ……」

麟太郎は、目を覚ました。

いつの間にか眠っていたのだ。

絵草紙の原稿は……。

麟太郎は、慌《あわ》てて辺りを見廻《みまわ》した。

まさか、すらすら書けたのは夢……。

麟太郎は、辺りを探した。

あった……。

書き上がった絵草紙の原稿は、しっかりと文机《ふづくえ》の脇に置かれていた。

夢ではないのだ……。

麟太郎は、書き上がった原稿に目を通した。

中々の出来栄えだ……。

麟太郎は、嬉《うれ》し気《げ》な笑みを浮かべて原稿を見詰《みつ》めた。

行燈《あんどん》の火は油が切れ掛かっているのか、音を鳴らして瞬《またた》いていた。

閻魔《えんま》長屋はおかみさんたちの洗濯も終わり、静かな時を迎えていた。

寝過ごした……。

麟太郎は、井戸端で歯を磨《みが》いて顔を洗い、書き上がった絵草紙の原稿を懐に入れ、家を跳び出した。

地本《じほん》問屋『蔦屋《つたや》』の二代目主《あるじ》のお蔦《つた》は、昼前には法事で親類の家に出掛けて仕舞《しま》う。
その前に原稿を見せ、半金を前払いして貰《もら》わなければ、本当に一文無しになる。
麟太郎は、閻魔堂に手を合わせて通油町《とおりあぶらちょう》の地本問屋『蔦屋』に走った。

浜町堀《はまちょうぼり》の堀端通りには、多くの人が行き交っていた。
麟太郎は、通油町の地本問屋『蔦屋』に急いだ。
羽織袴《はおりはかま》の痩《や》せた武士が、行く手から足早にやって来た。
麟太郎は、左側に身を寄せて擦《す》れ違おうとした。
羽織袴の痩せた武士は、右側に身を寄せた。
対面しての左と右……。
麟太郎と羽織袴の痩せた武士は、同じ側に躱《かわ》そうとしてぶつかりそうになった。
羽織袴の痩せた武士は麟太郎を睨《にら》み、身体で押すように踏み出した。
麟太郎は、咄嗟《とっさ》に右に身を開いた。
羽織袴の痩せた武士は、踏鞴《たたら》を踏んで足を縺《もつ》れさせ、前のめりに無様に倒れた。
行き交う者は思わず笑った。
地面に這《は》い蹲《つくば》った羽織袴の痩せた武士の余りの無様さに笑った。

「大丈夫ですか……」

麟太郎は、慌てて羽織袴の痩せた武士を助け起こそうとした。

羽織袴の痩せた武士は、麟太郎の手を振り払って立ち上がった。

「大丈夫なら、御免《ごめん》……」

麟太郎は、苦笑して先を急いだ。

羽織袴の痩せた武士は、暗い眼で足早に立ち去って行く麟太郎を睨み付けた。

行き交う人々は、羽織袴の痩せた武士の顔を盗み見ては笑いを押し殺して通り過ぎた。

羽織袴の痩せた武士は、それに気が付いて顔を赤らめ、慌ててその場を離れた。


地本問屋『蔦屋』の店先は、役者絵を選ぶ若い女たちで賑《にぎ》わっていた。

「何、出掛けた……」

麟太郎は、素《す》っ頓狂《とんきょう》な声をあげ、帳場の前の框《かまち》に力なく腰を下ろした。

「ええ。四半刻《しはんとき》(約三十分)程前に……」

番頭の幸兵衛《こうべえ》は、麟太郎に気の毒そうな眼を向けた。

「そうか、親類の家に法事に行ったか……」

麟太郎は、力なく項垂《うなだ》れた。

「もう少し早ければねえ……」

「うむ……」

上手《うま》く書けたと油断し、寝過ごした己《おのれ》が悪いのだ。

麟太郎は溜息《ためいき》を吐《つ》いた。

「絵草紙の原稿、書き上がったのですか……」

幸兵衛は訊《き》いた。

「う、うん。まあな……」

麟太郎は頷《うなず》いた。

「じゃあ、手前が預かりましょうか……」

幸兵衛は、麟太郎に笑い掛けた。

「いや。それには及ばぬ。して、二代目が戻るのは明日なのだな」

麟太郎は確かめた。

「はい。何刻になるかは分かりませんが、そう仰《おつしや》っていましたよ」

「そうか……」

何《いず》れにしろ、主のお蔦と逢うのは明日以降になるのだ。

「じゃあ、出直して来るか……」
麟太郎は、框から立ち上がった。
麟太郎は、地本問屋『蔦屋』の店の脇から外に出た。
さあて、どうする……。
麟太郎は、浜町堀の堀端に佇《たたず》んだ。
腹が鳴った。
よし、先《ま》ずは腹拵《はらごしら》えだ……。
麟太郎は、浜町堀に架《か》かっている千鳥橋《ちどりばし》の東詰《ひがしづめ》にある一膳飯屋『たぬき』に向かった。
一膳飯屋『たぬき』は余り美味《うま》くはないが、飯の盛りが良くて付けが利く。
麟太郎は、『たぬき』で腹拵えをして馴染《なじみ》の口入屋《くちいれや》に急いだ。
「骨董品《こっとうひん》の目利きの用心棒……」
麟太郎は眉《まゆ》をひそめた。
「ええ。此《こ》れから今夜の子《ね》の刻《こく》九つ（午前零時）迄《まで》、人形 町《にんぎょうちょう》に住む骨董の目利きの桂木道悦《かつらぎどうえつ》さんのお供で一朱。割の良い仕事ですよ」

口入屋の亭主は笑った。

「此れから夜中迄の仕事で一朱……」

麟太郎は驚いた。

「ええ。こんなに上手い仕事、滅多《めった》にありませんし、気に入られれば、此れからもありますよ」

「そうか……」

「で、どうします」

「うん。引き受けた……」

麟太郎は頷いた。

「それは良かった。今、目利きの桂木道悦さんの住まいと口利き状を……」

「それにしても、骨董の目利きが用心棒とはどう云《い》う事かな……」

麟太郎は首を捻《ひね》った。

「高値だと思っていた骨董を安物だと目利きしたり、安く買おうとしていた骨董を高値に目利きしたり、いろいろ恨《うら》まれる事もあるようですよ。目利きも……」

口入屋の亭主は苦笑した。

「成《な》る程《ほど》、そう云う事で恨まれて命を狙われる事もあるか……」

麟太郎は知った。


人形町は、浜町堀から遠くはない。

麟太郎は、口入屋の亭主の書いた口利き状を持って人形町の目利きの桂木道悦の家を訪れた。


「やあ。やっと来てくれたか……」

目利きの桂木道悦は、小柄で貧相な老人だった。

「ええ。私は青山《あおやま》麟太郎。此れが口入屋の亭主の口利き状です」

麟太郎は名乗り、桂木道悦に口利き状を差し出した。

「此奴《こいつ》は後でゆっくり読まして貰いますよ。さあ、出掛けますよ」

目利きの桂木道悦は、慌ただしく出掛ける仕度《したく》をしながら麟太郎を促した。


日本橋《にほんばし》の通りは賑わっていた。

目利きの桂木道悦は、麟太郎を供にして不忍池《しのばずのいけ》の畔《ほとり》の料理屋に急いだ。

性急な足取りだった。

麟太郎は、道悦の背後に付いて辺りに眼を配って進んだ。

不審な者や尾行《つけ》て来る者はいない……。

麟太郎は、油断なく気を配って進んだ。


不忍池は煌《きら》めいた。

目利きの桂木道悦は、麟太郎を伴って料理屋『若菜《わかな》』の暖簾《のれん》を潜《くぐ》った。

「いらっしゃいませ、道悦さま。御隠居さまがお待ちにございますよ」

大年増の女将《おかみ》が迎え、道悦を離れ座敷に誘《いざな》った。

麟太郎は続いた。


「御隠居さま、桂木道悦さまがお見えになりました……」

大女将は、離れ座敷に声を掛けて襖《ふすま》を開けた。

離れ座敷には、中年の武士と肥った大店《おおだな》の隠居がいた。

「おお、道悦さん、お待ちしていましたよ、さあ、どうぞ……」

隠居は、安堵《あんど》を浮かべた。

「遅くなりまして、申し訳ありません」

道悦は、詫《わ》びを云って離れ座敷に入った。

「さあ、お前も入りなさい」

道悦は、麟太郎を呼んだ。

「はい……」

麟太郎は、道悦に続いて離れ座敷に入った。

「目利きの弟子でしてね……」

道悦は、麟太郎を中年の武士と隠居に引き合わせた。

「うむ……」

中年の武士は頷いた。

「それはそれは……」

「そこに控え、眼福をな……」

道悦は、麟太郎に笑い掛けた。

「はい……」

麟太郎は、戸口近くに控えた。

「それでは白崎《しらさき》さま……」

隠居は、中年の武士を白崎と呼んで促した。

白崎は、脇に置いてあった古い桐箱を差し出した。

「うむ……」

「道悦さん……」

隠居は、道悦を促した。

「ならば、拝見致します……」

道悦は、古い桐箱の紐《ひも》を丁寧《ていねい》に解《ほど》き、蓋《ふた》を外した。そして、中から袱紗《ふくさ》に包まれた古い茶碗と折紙を取り出し、桐箱と蓋に書かれている箱書を読んだ。

白崎と隠居は、道悦を見守った。

道悦は。箱書の次に折紙を読んだ。

「古田織部《ふるたおりべ》の岩の雫《しずく》……」

道悦は呟《つぶや》いた。

古田織部は、武将でありながら千利休《せんのりきゅう》の茶の弟子であり、茶の湯の名人と称された者だ。

「左様……」

白崎は頷いた。

隠居は喉《のど》を鳴らした。

麟太郎は見守った。

道悦は、茶碗を包んだ袱紗を解いた。

袱紗の中から、黒の地肌に水色の雫のような模様の古茶碗が現れた。

道悦は、古茶碗を両手に持って鋭い眼差しで見詰めた。

白崎と隠居は、息を詰めて道悦の目利きの結果を待った。

離れ座敷に緊張感が張り詰めた。

麟太郎は、古茶碗が引き出した只《ただ》ならぬ緊張感に戸惑った。

道悦は、古茶碗を静かに置いた。

「如何《いかが》ですか……」

隠居は、身を乗り出した。

「折紙と箱書は織部に違いないでしょう」

道悦は告げた。

「やっぱり……」

隠居は。身を乗り出した。

「近江屋《おうみや》、百両では安い買い物だぞ」

白崎は、隠居に笑い掛けた。

古茶碗が百両……。

麟太郎は驚いた。

「はい。如何ですかな、道悦さん……」

隠居は、百両の値が適正かどうか道悦に尋ねた。

「左様ですな。桐箱と折紙は十両、茶碗は一両程の物かと……」

道悦は、白崎を見詰めて告げた。

「な、何と……」

白崎は血相を変えた。

「道悦さん……」

隠居は驚いた。

「左様。桐箱と折紙は本物で、茶碗は贋作《がんさく》にございますよ」

道悦は、隠居に笑い掛けた。

「黙れ、道悦……」

白崎は、刀を取って鯉口《こいぐち》を切った。

麟太郎は、咄嗟に跳び出して道悦を突き飛ばし、白崎の刀の柄頭《つかがしら》を押さえた。

白崎は戸惑った。

「抜くな。抜けば怪我をする……」

麟太郎は、白崎の脇差《わきざし》の柄を握っていた。

白崎が刀を抜けば、麟太郎は白崎の脇差で突き掛る構《かまえ》だ。

白崎は気が付き、刀を握る手の力を抜いた。

「手前の目利きは、此れ迄にございます」

道悦は会釈をした。

麟太郎は、白崎から離れて油断なく見守った。

白崎は、古茶碗と折紙を古い桐箱に乱暴に入れ、風呂敷に包んで抱え、離れ座敷から出て行った。

隠居は、安堵の吐息を洩《も》らした。

「御隠居、中々の贋作。織部の岩の雫との触れ込みでなければ、結構な茶碗としてそれなりの値が付いたでしょうね」

道悦は苦笑した。

「ほう。そうなんですか……」

「ええ。ですが、贋作と見破られた時の白崎さまの狼狽《ろうばいぶ》振りと体《てい》たらく、値の付けようのない只の偽物《にせもの》にしましたよ」

道悦は苦笑した。

「はい。それにしても、お弟子さん、中々の遣い手ですな」

隠居は感心した。

「いえ。それ程でもありません」

麟太郎は照れた。

「持ち込んだ売手が旗本の白崎栄之進《えいのしん》さまと聞きましてね。急ぎ雇った弟子ですよ」

道悦は笑った。

「それはそれは、ならば、ま、一杯……」

隠居は、手を叩《たた》いた。

「はい。只今……」

大女将と仲居たちが、酒と料理を運んで来た。

「さあ、お弟子もな……」

隠居は、麟太郎を誘った。

「えっ……」

麟太郎は、道悦を見た。

「頂きましょう」

道悦は頷いた。

「そうですか、ならば……」

麟太郎は、嬉し気に笑った。

二

麟太郎は、目利きの桂木道悦を町駕籠《まちかご》に乗せて人形町に向かった。

古田織部の作った茶碗を偽物と目利きされた旗本の白崎栄之進が道悦を恨み、闇討ちを仕掛けて来るのを警戒しての事だった。

明神下《みようじんした》の通りから神田川《かんだがわ》に架かっている昌平橋《しょうへいばし》を渡り、神田八《や》つ小路《こうじ》から神田須田《すだ》町《ちょう》の通りから人形町に向かう……。

麟太郎は、道悦を乗せた町駕籠の駕籠脇に付き、油断なく警戒をしながら進んだ。

麟太郎と町駕籠は、何事もなく神田須田町から日本橋の通りに進んだ。

日本橋の通りの左右に連なる店は大戸を閉め、夜廻りの木戸番の打つ拍子木の音が甲高《かんだか》く響いていた。

道悦を乗せた町駕籠と麟太郎は、本町《ほんちょう》三丁目の辻《つじ》を通油町の道に曲がった。

麟太郎と目利きの桂木道悦は、何事もなく人形町の家に着いた。

道悦は、駕籠舁《か》きに酒手を弾んだ。

麟太郎は、道悦の家に廻された板塀《いたべい》の木戸門の内を慎重に検《あらた》めた。

道悦の家の周囲に不審な事はなかった。

麟太郎は、道悦の家の中も検めた。

家の中にも不審な事はなかった。

「どうやら、変わった事はないようだ」

麟太郎は見定めた。

「そうですか。御苦労でしたね……」

道悦は、一分銀を懐紙に包んで麟太郎に差し出した。

「給金は一朱と聞いたが……」

麟太郎は戸惑った。

「そいつは、何もなかった時だよ」

道悦は、白崎を押さえた事を評価していた。

「そうか、ならば、遠慮なく頂く……」

麟太郎は、一分銀を受け取った。

「で、麟太郎さん、明日はどうなっている」

道悦は笑い掛けた。

「明日……」

「ああ。もし、暇なら明日も弟子になってくれないかな」

道悦は頼んだ、

「明日も危ない目利きがあるのか……」

麟太郎は読んだ。

「ああ。給金は今日と一緒だが、どうかな」

「うむ……」

明日、お蔦が帰って来るが、昼間なのか、夕方なのか、夜なのかは分からない。

夕方以後なら逢うのは明後日になる。

よし……。

「明日なら大丈夫だ」

麟太郎は頷いた。

「そうか、ありがたい。じゃあ明日、巳《み》の刻四つ（午前十時）に来てくれ」

道悦は頼んだ。
「心得た……」
麟太郎は、威勢良く返事をした。
麟太郎は、人形町の道悦の家を出て浜町堀に向かった。
浜町堀の流れには月影が揺れていた。
麟太郎は、遅い朝飯の付けを払う為、千鳥橋東詰の一膳飯屋『たぬき』を眺めた。
一膳飯屋『たぬき』は、既《すで》に暖簾を仕舞って雨戸を閉めていた。
もう閉めているか……。
麟太郎は、閻魔長屋のある元浜町《もとはまちよう》の裏通りに向かおうとした。
殺気……。
麟太郎は、不意に浴びせられた殺気に気が付いた。
何者だ……。
麟太郎は、辺りの闇をそれとなく窺った。
殺気の主は見えない……。
麟太郎は、辺りを窺いながら浜町堀の堀端を進んだ。

殺気は微《かす》かに揺れ、追って来た。

此のまま閻魔長屋に帰れば、塒《ねぐら》を知られて仕舞う。

そいつは拙《まず》い……。

麟太郎は、暫《しばら》く夜の町をうろついて殺気の主が誰か突き止める事にした。

よし……。

麟太郎は、浜町堀に架かっている千鳥橋に向かった。そして、千鳥橋を渡り始めた時、行く手の橋詰に人影が現れた。

麟太郎は立ち止まり、背後を振り返った。

人影が現れた。

挟まれた……。

二人の人影は見知らぬ浪人であり、殺気を漲《みなぎ》らせた。

殺気……。

追って来た殺気は、二人の浪人のものだったのだ。

「俺に用か……」

麟太郎は、欄干《らんかん》を背にして左右の浪人を窺った。

「ああ……」

浪人の一人が頷いた。

闇討ちを仕掛けられる程、恨まれる事をした覚えはない。

麟太郎は、想いを巡らせた。

強《し》いて探せば、道悦に茶碗を偽物だと目利きされた旗本の白崎栄之進かもしれない。

俺に脅されたのを恨んでの所業……。

麟太郎は苦笑した。

刹那《せつな》、二人の浪人が麟太郎に鋭く斬り掛かった。

麟太郎は、斬り掛かった浪人の一人の刀を抜き打ちに払い、返す刀で残る浪人に斬り付けた。

斬り付けられた浪人は、咄嗟に躱した。

麟太郎は、追って踏み込み、刀を袈裟《けさ》懸《が》けに斬り下げた。

浪人は、肩を斬られて仰《の》け反《ぞ》り、欄干から仰向けに落ちた。

水飛沫《みずしぶき》が月明かりに煌めいた。

「おのれ……」

残る浪人は熱《いき》り立ち、猛然と麟太郎に斬り付けた。

麟太郎は、欄干の傍《そば》に大きく跳び退《の》いた。
浪人は、上段から鋭く斬り付けた。
麟太郎は、咄嗟に身を沈めた。
浪人の刀は、麟太郎の沈んだ上の欄干に斬り込んだ。
刀は欄干に刃《やいば》を食い込ませて動かず、浪人は狼狽《うろた》えた。
「誰に頼まれた……」
麟太郎は、浪人に刀を突き付けた。
「し、知らぬ……」
浪人は声を震わせた。
「おのれ……」
麟太郎は、浪人に迫った。
浪人は、慌てて欄干を乗り越えて浜町堀に身を躍らせた。
しまった……。
麟太郎は。欄干に駆け寄った。
浜町堀に水飛沫が上がり、浪人の姿は見えなかった。
麟太郎は眼を凝《こ》らした。

だが、浜町堀の水面は暗く、浪人たちの姿は見えなかった。
二人の他にいないか……。
麟太郎は、千鳥橋付近の闇を窺った。
闇の何処《どこ》にも、人影や殺気は窺えなかった。
二人だけか……。
麟太郎は見定め、足早に千鳥橋から離れた。

元浜町の裏通りの閻魔堂は暗かった。
麟太郎は、暗い閻魔堂に手を合わせて閻魔長屋の木戸を潜った。
閻魔長屋の家々は、既に明かりを消して眠りに就いていた。
麟太郎は、木戸の傍の己の家に入り、腰高障子《こしだかしょうじ》を閉めた。
頭巾《ずきん》を被《かぶ》った武士が現れ、木戸の傍から麟太郎の家を見詰めた。
麟太郎の家に明かりが灯《とも》された。
頭巾を被った武士は、その眼に嘲《あざけ》りを浮かべて踵《きびす》を返して行った。
行燈《あんどん》の火は落ち着いた。

麟太郎は、懐から絵草紙の原稿を取り出し、文机の上に置いた。

原稿は皺《しわ》だらけになっていた。

久し振りに書けた傑作だ。

こいつは拙い……。

麟太郎は、原稿の皺を伸ばし始めた。


約束は巳の刻四つ……。

麟太郎は、約束の刻限より早く、人形町にある目利きの桂木道悦の家に赴いた。

人形町の道悦の家は、板塀の木戸門を閉めて静けさに包まれていた。

麟太郎は、道悦の家の周囲を検めた。

板塀の周囲に不審な事はなく、隣近所にも変わった様子はなかった。

今の処《ところ》、麟太郎のように旗本の白崎栄之進に雇われたと思われる浪人に襲われた気配はない。

麟太郎は見定め、約束の巳の刻四つになるのを待った。

目利きの桂木道悦は、出掛ける仕度を整えて麟太郎の来るのを待っていた。

「お早うございます」

鱗太郎は、雇い主の道悦に挨拶《あいさつ》をした。

「やあ。来てくれましたか……」

道悦は、笑顔で鱗太郎を迎えた。

変わった様子は何もない……。

旗本白崎栄之進に雇われた浪人は、道悦の許には現れなかったのだ。

鱗太郎は知った。

「では、鱗太郎さん、参りますぞ」

道悦は、屈託のない笑顔で鱗太郎を促した。


外堀には風が吹き抜け、小波《さざなみ》が走っていた。

目利きの桂木道悦と鱗太郎は、鎌倉河岸《かまくらがし》から神田橋御門外に出た。

神田橋御門外には、駿河台《するがだい》の大名旗本屋敷が連なっていた。

「旗本屋敷ですか……」

鱗太郎は、武家屋敷の連なりに眼を細めた。

「ええ。三河《みかわ》以来の直参旗本本多《ほんだ》忠左衛門《ちゅうざえもん》さまの御屋敷でしてね。蔵の奥からいろいろ出て来たので目利きして貰いたいと云って来ましてね」

道悦は苦笑した。

「へえ、三河以来の旗本なら、権現様《ごんげんさま》と拘《かかわ》る物が出て来るかもしれませんね」

「ええ。で、私の他にも目利きの一色竜斎《いっしきりゅうさい》さんと細川香庵《ほそかわこうあん》さんも招かれているそうですよ」

「ほう。目利きの一色竜斎さんと細川香庵さんですか……」

麟太郎は、そう云う名の目利きがいるのを知った。

「ええ……」

道悦は頷き、旗本屋敷の連なりを進んだ。

「あの御屋敷ですよ……」

道悦は、行く手の旗本屋敷を示した。


道悦と麟太郎は、表御殿の座敷に通された。

座敷は庭に面しており、既に肥った老人と痩せた中年男が来ていた。

「此れは細川香庵さま、一色竜斎さま……」

桂木道悦は、肥った老人の細川香庵と痩せた中年の一色竜斎に挨拶をした。

「此れは桂木道悦さま……」

三人の目利きは挨拶を交わした。

麟太郎は、座敷の隅に控えている細川香庵と一色竜斎の供の者たちに会釈をし、端に連なった。

僅《わず》かな刻が過ぎた。

「お待たせ致しました。用人の北島惣兵衛《きたじまそうべえ》が参ります」

取次《とりつぎ》の家来が告げた。

「いや、お待たせ致した……」

小さな白髪髷《しらがまげ》の老武士、北島惣兵衛が入って来た。

「此れは北島惣兵衛さま、本日はお招き 忝《かたじけ》のうございます。此の細川香庵、一色竜斎、桂木道悦、参上いたしました」

細川香庵は、一色竜斎と桂木道悦を代表して挨拶をした。

「うむ。良く来てくれましたな。ならば、早速だが蔵の奥から出て来た様々な物を見て戴こう。では、此れに……」

北島惣兵衛は、家臣たちを促した。

家臣たちは返事をし、庭に面した処に台を据《す》え、次々と古い桐箱に入った壺《つぼ》や茶碗、銀器や置物などが並べられた。そして、軸や書画が飾られた。

「此れは此れは……」

桂木道悦、細川香庵、一色竜斎の目利きたちは、眼を丸くして並べられた骨董の品を眺めた。

「折紙の付いた物や箱書をされた物など、いろいろあるが、その真偽と、もしも違うとしたら何なのか、御自由に目利きをして頂きたい……」

北島惣兵衛は、道悦、香庵、竜斎の三人の目利きに告げた。

「はい。ならば……」

香庵は、竜斎と道悦を促し、並べられた骨董の品々を手に取って目利きを始めた。

麟太郎は、並ぶお供の者たちと見守った。

此れらの品々の中には、驚く程の高値の骨董品や我楽多《がらくた》に過ぎない物もあるのだ。

道悦、香庵、竜斎たち三人は、何事か言葉を交わしながら目利きを続けた。

刻が過ぎ、麟太郎たち供の者の退屈は募り始めた。

「おぬしの処の道悦先生は、何が狙いだ」

細川香庵のお供は、薄笑いを浮かべて麟太郎に囁《ささや》いて来た。

「えっ、何ですか……」

麟太郎は、香庵のお供の云う事が分からず、訊き返した。

「何だ、おぬし、知らないのか……」

香庵のお供は呆《あき》れた。

「う、うむ……」

麟太郎は頷いた。

「うちは、軸狙いですよ」

竜斎のお供は苦笑した。

「そうですか……」

「細川さまは茶碗ですか……」

竜斎のお供は、香庵のお供に笑い掛けた。

「ま。そんな処ですか……」

香庵のお供は頷いた。

「上手くいけば良いんですがね」

「ええ……」

香庵と竜斎のお供は、顔を見合わせて薄笑いと嘲りを浮かべた。

麟太郎は、話の輪から外された。

無理はない……。

骨董の事など何も知らないのだ。

麟太郎は欠伸《あくび》を嚙《か》み殺し、目利きの終わるのを待つしかなかった。

刻が過ぎ、日暮れが近付いた頃、目利きは終わった。

「御苦労でしたな……」

本多家用人の北島惣兵衛は、道悦たち三人の目利きに酒を振舞い、礼金と引出物を渡した。

道悦は、麟太郎に引出物を持たせて本多屋敷を出た。

三

外堀に架かっている神田橋御門は、夕陽に照らされていた。

麟太郎は引出物を下げ、目利きの桂木道悦に続いた。

道悦と麟太郎は、外堀沿いを鎌倉河岸に進んだ。

「ちょいと一休みをしますか……」

道悦は、鎌倉河岸にある蕎麦屋《そばや》の暖簾を潜った。

蕎麦屋は混み始めていた。

麟太郎と道悦は、蕎麦屋の奥で酒を飲み始めた。

「退屈しましたか……」

道悦は、麟太郎に笑い掛けた。

「ええ……」

麟太郎は苦笑し、酒を飲んだ。

「でしょうな……」

「それで、何か掘出し物はありましたか……」

「ええ。まあ。ですが、大したお宝はありませんでしたよ」

「そうですか。あっ、処で細川香庵と一色竜斎のお供が、道悦先生の狙いは何だと訊いて来ましたが、何の事ですかね」

麟太郎は尋ねた。

「ほう。香庵と竜斎のお供がそんな事を訊いて来ましたか……」

「ええ……」

麟太郎は頷いた。

「香庵は茶碗で竜斎は軸かな……」

道悦は、苦笑しながら読んだ。

「ええ。お供の者共はそう云っていました」

麟太郎は、道悦の読みに驚いた。

「やはりな……」

道悦は頷いた。

「やはりとは……」

麟太郎は眉をひそめた。

「いえね。香庵と竜斎、これはと思った軸と茶碗を二束三文の我楽多だと目利きしましてね……」

「これはと思った軸と茶碗を……」

麟太郎は困惑した。

「ええ。で、二束三文で下取りし、熱《ほとぼり》が冷めた頃、稀代《きたい》の掘出し物、お宝だと云って好事家《こうずか》に持ち込み、高値で売るって魂胆ですよ」

道悦は冷笑した。

「そいつはあくどいな……」

麟太郎は呆れた。

「ああ。汚い目利きだ……」

道悦は吐き棄てた。

「それで、香庵と竜斎の狙いは……」

「さあて、俺がそれなりの目利きをしたから、狙い通りに行くかどうか……」

道悦は、手酌《てじゃく》で酒を飲んだ。

「邪魔をしたのか……」

麟太郎は笑った。

「ああ。いや、真っ当な目利きをした迄だ」

道悦は笑った。

麟太郎は、小柄で貧相な年寄り、桂木道悦の思わぬ硬骨漢振りに感心した。

「どうやら、そこで俺の出番になるようだな」

麟太郎は読んだ。

道悦は、同業の目利き細川香庵と一色竜斎の邪魔をして恨みを買ったのかもしれない。

道悦は狙われる……。

「どうします。今晩、不寝《ねず》の番をしますか……」

麟太郎は、道悦に尋ねた。

「ま、それ程、愚かじゃあないだろうが、そうして貰った方が良いかな」

道悦は笑った。

「心得た……」

麟太郎は、酒を飲んだ。

蕎麦屋は賑わった。


人形町の通りに人気《ひとけ》は途絶えた。

麟太郎は、壁に寄り掛かったままの居眠りから目覚めた。

道悦の家は静けさに覆われていた。

麟太郎は、戸口の傍の部屋から出た。

暗い廊下には、奥の座敷で眠っている道悦の鼾《いびき》が聞えた。

襲われるかもしれないのに……。

小柄な貧相な年寄りにしては良い度胸だ。

麟太郎は苦笑し、暗い家の中を窺った。

変わった様子はない……。

麟太郎は見定め、外に出た。


夜の闇は道悦の家を包んでいた。

麟太郎は、家を囲む板塀を一廻りして不審のないのを見定めた。

よし……。

麟太郎は、斜向《はすむ》かいの家の前に立ち、道悦の家を眺めた。

道悦の家に変わった様子は窺えなかった。

闇が揺れた。

来たか……。

麟太郎は、斜向かいの家の路地に素早く身を潜めた。

闇の揺れから浪人と遊び人が現れた。

麟太郎は見守った。

浪人と遊び人は、道悦の家の前に立ち止まった。そして、何事か言葉を交わしながら板塀の内を窺った。

刺客……。

麟太郎は、浪人と遊び人の出方を見守った。

木戸門を破って押し込むか……。

麟太郎は見守った。

浪人と遊び人は、道悦の家の木戸門を抉《こ》じ開けて忍び込んだ。

麟太郎は、斜向かいの家の路地から道悦の家の木戸門に走った。

油の臭いがした。

なんだ……。

麟太郎は、木戸門内を覗《のぞ》いた。

浪人と遊び人は、道悦の家の板壁に竹筒に入った油を掛けていた。

火付けか……。

麟太郎は睨んだ。

火事を出せば、厳しいお咎《とが》めは必定《ひつじょう》だ。

浪人と遊び人を雇った汚い奴は、目利きの細川香庵なのか、それとも一色竜斎なのか……。

どっちにしろ、浪人と遊び人を捕まえて吐かせてやる。

麟太郎は、浪人と遊び人を見守った。

浪人と遊び人は、板壁に竹筒の油を掛け終えて種火を出した。そして、綿に種火を入れて息を吹き掛けた。

綿は赤い炎を上げた。

刹那、水が浴びせられた。

「わあ……」

浪人と遊び人は驚いた。

麟太郎が、手桶を下げて一喝した。

「何をしている」

浪人と遊び人は怯《ひる》んだ。

「おのれ。付け火か……」

麟太郎は、浪人と遊び人に猛然と襲い掛かった。

遊び人が慌てて逃げようとした。

麟太郎は、手桶で殴り飛ばした。

手桶は、遊び人の顔面を打ってばらばらに飛び散った。

遊び人は、気を失って倒れた。

浪人は刀を抜いた。

「退け、退かねば斬るぞ」

浪人は怒鳴り、刀の鋒《みね》を震わせた。

「やるか……」

麟太郎は、刀の鯉口を切って身構えた。

浪人は後退《あとずさ》りした。

「誰に頼まれての付け火だ……」

麟太郎は、浪人を厳しく見据えた。

「知らぬ。俺は知らぬ……」

浪人は叫んだ。

「惚《とぼ》けるな」

麟太郎は、抜き打ちの一刀を放った。

甲高い音が鳴り。浪人の刀が夜空に弾き飛ばされた。

浪人は逃げようと、身を翻《ひるがえ》した。

麟太郎は、鋭く踏み込んで浪人の首筋に峰を返した刀を鋭く叩き込んだ。

浪人は、前のめりに顔から倒れ込んだ。

「大人しくしろ……」

麟太郎は、浪人に馬乗りになって刀の下緒《さげお》で縛《しば》り上げた。

「やっぱり来ましたか……」

道悦が出て来た。

「ああ。家に火を付けようとした」

麟太郎は報せた。

「付け火とは……」

道悦は呆れた。

「さあて、じっくり甚振《いたぶ》って誰に頼まれたか吐かせてくれる」

麟太郎は笑った。

麟太郎は、浪人と遊び人を縛り上げて納屋に放り込んだ。

蠟燭《ろうそく》の火は不安気に瞬いた。

浪人と遊び人は、激しく震えた。

「さあて、誰に頼まれての火付けか教えて貰おうか……」

麟太郎は、小柄《こづか》を抜いて浪人と遊び人の背後に廻った。

浪人と遊び人は、怯《おび》えた眼で麟太郎を窺っていた。

道悦は、厳しい面持ちで見守った。

麟太郎は、後ろ手に縛られている浪人の手を取った。

浪人は、慌てて拳《こぶし》を握ろうとした。

一瞬早く、麟太郎は浪人の握ろうとした手を掴《つか》み、指の一本を伸ばした。

「火を付けろと命じたのは、誰だ……」

麟太郎は、小柄の刀を浪人の伸ばした指の爪の間に入れた。

「や、止めろ。止めてくれ……」

浪人は、恐怖に震えて踠《もが》いた。

「動くな、下手《へた》に動けば、爪が一気に剝《は》がれる。それでも良いのか……」

麟太郎は、嘲りを滲《にじ》ませた。

「冗談じゃあない……」

浪人は項垂れた。

「ならば吐け……」

「文之助《ぶんのすけ》だ。文之助に一両で頼まれた」

浪人は吐いた。

「文之助とは何処の誰だ……」

麟太郎は尋ねた。

「目利きの弟子だ……」

「目利きってのは、誰だ……」

「知らぬ……」

浪人は、嗄《しわが》れ声を震わせた。

「何て目利きだ……」

麟太郎は、隣にいた遊び人の手の指を捕まえて爪の間に小柄の鋒《みね》を入れた。

「細川だ。細川香庵って目利きだ……」

遊び人は、抗《あらが》いもせずに吐いた。

「細川香庵……」

麟太郎は、道悦を窺った。

「やはり、細川香庵か……」

道悦は苦笑した。

「ええ。道悦さん、細川香庵の家は何処だ」

麟太郎は尋ねた。

「確か池之端《いけのはた》だぜ……」

「池之端か……」

麟太郎は眉をひそめた。


夜が明けた。

麟太郎は、木戸番に小銭を握らせ、神田連雀町《れんじやくちょう》の岡《おか》っ引《ぴき》の辰五郎《たつごろう》に手紙を届けて貰った。

半刻（約一時間）後、辰五郎が下《した》っ引《ぴき》の亀吉《かめきち》を従えて道悦の家に駆け付けて来た。

「やあ、此の家の主の桂木道悦です。造作を掛けますな」

道悦が笑顔で迎えた。

麟太郎は、道悦に辰五郎と亀吉を引き合わせた。

「で、何処にいるんですか、付け火をしようとした奴らは……」

辰五郎は笑った。

「こっちです……」

麟太郎は、辰五郎と亀吉を浪人と遊び人を閉じ込めてある納屋に誘った。

辰五郎と亀吉は、縛られた浪人と遊び人を見定めた。

浪人と遊び人は項垂れていた。

「さあて、何がどうなっているのか話して貰いますか……」

辰五郎は、麟太郎を促した。

「ええ……」

麟太郎は、目利きの桂木道悦が同じ目利きの細川香庵に恨まれた経緯を教えた。

「成る程、そう云う事ですか、良く分かりました……」

辰五郎は頷き、浪人と遊び人を南茅場町《みなみかやばちょう》の大番屋に引き立てる事にした。

「じゃあ、俺は池之端の細川香庵の処に行きます」

麟太郎は告げ、不忍池に向かった。

「亀吉、一緒に行きな」

辰五郎は命じた。

「承知……」

亀吉は頷き、麟太郎に続いた。

不忍池の中之島《なかのしま》弁財天《べんざいてん》は、参拝客で賑わっていた。

麟太郎と亀吉は、池之端の木戸番で目利きの細川香庵の家が何処か尋ねた。

目利きの細川香庵の家は、不忍池の畔の近くにあった。

目利きの細川香庵の家は、黒板塀に囲まれており、不忍池を背にして建っていた。

「此処ですか……」

「ええ……」

亀吉と麟太郎は、細川香庵の黒板塀に囲まれた家を眺めた。

「安く買い叩き、高く売り付ける。目利きと云うより、仲買人だな……」

亀吉は呆れた。

「ええ。騙《かた》りのようなものですよ。じゃあ……」

麟太郎は苦笑し、細川香庵の家に向かった。

麟太郎は、細川香庵の家の黒板塀の木戸門を叩いた。

家から返事はなかった。

「麟太郎さん、細川香庵の家族は……」

「道悦さんの話じゃあ、お内儀《かみ》と二人家族だと聞きましたが……」

麟太郎は首を捻った。

「じゃあ、お内儀がいても良い筈《はず》ですね」

亀吉は、木戸門を開けて中に入り、格子戸を叩いて呼び掛けた。

「細川さん……」

だが、やはり家から返事はなかった。

亀吉と麟太郎は、家の様子を窺った。

「あの、うちに何か御用ですか……」

木戸門に初老の女が怪訝な面持ちでいた。

「あ、細川香庵さんのお内儀さんですか……」

亀吉は尋ねた。

「左様ですが……」

「細川香庵さん、お出《い》でですか……」

亀吉は、懐の十手《じって》を見せた。

「は、はい。今日はお客さまの処に弟子の文之助を連れて出掛けておりますが……」

「お客さまとは、何処の誰ですか……」

「さあ、香庵は仕事の事は、私に何も申しませんので……」

お内儀は、困惑を浮かべた。

「麟太郎さん……」

亀吉は眉をひそめた。

「ええ。付け火に失敗したと気が付き、風を食らったのかもしれませんね」

麟太郎は読んだ。

四

細川香庵の内儀は、木戸門を閉めて家に入って行った。

麟太郎と亀吉は見送った。

「さあて、どうします」

亀吉は、麟太郎の出方を窺った。

「亀さんは……」

「細川香庵、戻るかもしれません。あっしは張り込んでみますよ」

「そうですか。じゃあ私は、道悦さんに細川香庵が立ち廻りそうな処を知らないか、訊いてみますよ」

「分かりました」

「じゃあ……」

麟太郎は、細川香庵の家を離れ、人形町の道悦の家に向かった。

麟太郎は、細川香庵の家を離れた時から尾行て来る者の視線を感じていた。

誰かが尾行て来る……。

誰だ……。

麟太郎は、明神下の通りから神田明神に向かった。

神田明神の境内は、参拝客で賑わっていた。

麟太郎は、境内に駆け込んで物陰に隠れた。

そして、追って現れる者を見定めようとした。

追って現れた者は、旗本の本多屋敷で逢った目利きの細川香庵の弟子だった。

文之助か……。

麟太郎は、尾行て来た者が文之助だと知った。

文之助は、浪人と遊び人に道悦の家に火を付けるように頼んだ者だ。

俺が何をしようとしているのか見定めようとしている。

そして、細川香庵の居場所を知っている。

麟太郎は読んだ。

よし……。

麟太郎は、文之助を見守った。

文之助は、境内に麟太郎を捜《さが》し廻った。

だが、麟太郎は見付からなかった。

文之助は、見失ったと諦《あきら》めて神田明神の境内から出て行った。

麟太郎は、文之助を追った。


文之助は、神田明神から明神下の通りに戻った。

麟太郎は尾行た。

文之助は、明神下の通りから妻恋坂《つまこいざか》に曲がり、足早に坂道を上がった。そして、妻恋稲荷の角を湯島天神《ゆしまてんじん》の方に曲がった。

行き先は湯島天神か……。

麟太郎は追った。

文之助は、湯島天神門前町《もんぜんちょう》に進んだ。
湯島天神門前町の盛り場は、夜の商売の仕度に忙しかった。
文之助は、足早に盛り場を進んだ。
麟太郎は、物陰伝いに追った。
文之助は、盛り場の外れに向かった。
盛り場の外れには、古い飲み屋があった。
文之助は、盛り場の外れにある古い飲み屋に入った。
麟太郎は、物陰から見届けた。
古い飲み屋は、昼間から酒を飲ませるらしく酔っ払いが出入りしていた。
文之助は、古い飲み屋に酒を飲みに来ただけなのか……。
それとも、目利きの細川香庵がいるのか……。
麟太郎は、店の中を窺う手立てを思案した。
よし……。
麟太郎は、古い飲み屋に向かった。

「邪魔をする……」

麟太郎は、古い飲み屋に入った。

「いらっしゃい……」

男衆《おとこし》が麟太郎を迎えた。

「酒をくれ……」

麟太郎は、戸口の近くに座って酒を頼んだ。

「承知……」

男衆は、板場に向かった。

麟太郎は、賑やかに酒を飲んでいる客を窺った。

仕事に溢《あぶ》れた人足や職人、博奕《ばくち》打ち、遊び人、浪人、得体の知れぬ者……。

店は雑多な客で賑わっていた。

麟太郎は、文之助を捜した。

文之助は、店の奥で浪人や遊び人たちと酒を飲んでいた。

どうやら、目利きの細川香庵はいないようだ……。

麟太郎は見定めた。

一緒に酒を飲んでいる浪人と遊び人は、道悦の家に付け火をしようとした奴らの仲間なのかもしれない。

麟太郎は眉をひそめた。

「お待ちどお……」

男衆が、麟太郎に酒を持って来た。

「おう……」

麟太郎は、手酌で酒を飲んだ。

「兄い、あの奥で酒を飲んでいるのは、確か骨董品の目利きの弟子って奴だね」

麟太郎は、男衆に小銭を握らせた。

「ああ。文之助だぜ……」

男衆は、小銭を握り締めた。

「一緒に飲んでいるのは……」

「ああ。金さえ貰えば、こそ泥から人殺し迄、何でもするって食詰め者だぜ」

男衆は苦笑した。

「他にも仲間、いるのかな……」

「ああ。後何人かいるが、今日は来ていないな……」

男衆は、客を見廻した。

後何人かが、道悦の家に付け火をしようとした奴らなのだ。

「弟子がそんな食詰めと付き合っているなら、目利きの師匠、大した奴じゃあないな」

麟太郎は苦笑した。

「ああ。もし、目利きを頼もうと思っているのなら、止めておくんだな」

男衆は、嘲りを浮かべた。

「そうか。良く分かった。旦那にそう云っておくよ……」

麟太郎は笑い、酒を飲んだ。

僅かな刻が過ぎた。

飲み屋には雑多な客が出入りした。

麟太郎は、酒を飲みながら文之助を窺った。

文之助は、浪人と遊び人と言葉を交わして飲み屋から出た。

麟太郎は、男衆に酒代を払って文之助を追った。


文之助は、湯島天神門前町の盛り場を出て東に進んだ。

目利きの細川香庵のいる処か……。

麟太郎は、文之助を追った。

文之助は、湯島天神の東側を抜けて男坂の下に向かった。

麟太郎は尾行た。

文之助は、男坂の下で立ち止まり、振り返った。

麟太郎は立ち止まった。

「手前……」

文之助は、麟太郎を睨み付けて凄《すご》んだ。

背後に、飲み屋で文之助と酒を飲んでいた浪人と遊び人が現れた。

「やっぱり、尾行ていやがったな」

浪人は、小狡《こずる》さを滲ませた。

「ああ。目利きの桂木道悦の弟子だぜ」

文之助は、麟太郎を嘲笑《あざわら》った。

「野郎、横塚《よこつか》と平吉《へいきち》はどうした……」

浪人は、麟太郎を睨み付けた。

「付け火に来た浪人と遊び人なら、引っ捕らえて大番屋に叩き込んでやった」

麟太郎は笑った。

「おのれ……」

浪人は、麟太郎に抜き打ちに斬り掛かった。

麟太郎は踏み込み、斬り掛かった浪人の胸元を摑み、投げを鋭く打った。

浪人は大きく跳ね上げられ、地面に激しく叩き付けられて呻《うめ》いた。

遊び人は、慌てて逃げた。

麟太郎は、文之助を厳しく見据えた。

文之助は怯え、後退りをした。

麟太郎は迫った。

文之助は、身を翻して逃げようとした。

麟太郎は跳び掛かり、文之助を殴り飛ばした。

文之助は、悲鳴を上げて仰向けに倒れた。

麟太郎は、文之助の襟首《えりくび》を鷲摑《わしづか》みにして引き摺《ず》り上げた。

「目利きの桂木道悦の家に火を付けろと命じたのは、目利きの細川香庵の指図だな」

「ああ。そうだ……」

文之助は、涙声で頷いた。

「で、今、何処にいるんだ、目利きの細川香庵は……」

麟太郎は、文之助に厳しく迫った。

妻恋町に囲っている妾《めかけ》の処……。

麟太郎は、文之助を締め上げて目利きの細川香庵の居場所を聞き出し、辰五郎や亀吉に報せた。

板塀を廻した仕舞屋《しもたや》は、豊満な身体をした若い妾のおつやと飯炊き婆さんの二人が住んでいた。

麟太郎は、出入りをしている棒手振《ぼてふ》りの魚屋を呼び止めた。

魚屋は、いつもは二匹の魚が、今日は三匹だったたと笑った。

三匹目の魚は、旦那である細川香庵の為の物なのだ。

麟太郎は、おつやの家に目利きの細川香庵がいると睨んだ。

亀吉が駆け付け、辰五郎は南町奉行所臨時廻《りんじまわ》り同心の梶原八兵衛《かじわらはちべえ》を誘ってやって来た。

「こりゃあ、梶原の旦那……」

麟太郎は、梶原八兵衛を迎えた。

「やあ、相変わらず、忙しいですな」

梶原は笑った。

「で、此処にいるんですかい、火付けを命じた目利きの細川香庵は……」

辰五郎は、仕舞屋を眺めた。

「はい。細川香庵の妾のおつやと飯炊き婆さんが住んでいるそうです」

「よし。俺と連雀町が表から踏み込む。麟太郎さんは亀吉と裏に廻り、逃げる細川香庵をお縄にしてくれ」

梶原は手配りした。

「心得た……」

麟太郎は、亀吉と共に仕舞屋の裏手に駆け去った。

梶原は、麟太郎と亀吉が裏手に廻るのを見計らった。

「よし。行くよ、連雀町の……」

「はい……」

梶原と辰五郎は、妾のおつやの仕舞屋に向かった。

目利きの細川香庵は、梶原八兵衛と辰五郎が訪れたのに驚き、血相を変え裏手に逃げた。

そして、裏手から踏み込んだ麟太郎と亀吉に捕らえられた。

目利きの桂木道悦家付け火未遂の一件は終わった。

「やあ、いろいろ御苦労でしたね……」

目利きの桂木道悦は、麟太郎に約束の給金の他に礼金の一両を渡した。

「これはこれは、忝い。又、何か用があれば呼んでくれ……」

麟太郎は、道悦に礼を述べて元浜町の閻魔長屋に向かった。


浜町堀の流れに夕陽は映えた。

麟太郎は、人形町から元浜町の裏通りに進んだ。

元浜町は夕闇に覆われ始めていた。

麟太郎は、閻魔堂に手を合わせて閻魔長屋の木戸を潜った。

閻魔長屋の井戸端は、おかみさんたちの夕食作りも終わっていた。

麟太郎は、自分の家の腰高障子を開けた。

変だ……。

麟太郎は、薄暗い家の中に異変を感じ、竈に火を付けた。そして、手燭《てしょく》に火を灯して家の中を照らした。

狭い家の中の煎餅布団《せんべいぶとん》と僅かな道具は荒らされており、文机が逆様《さかさま》に倒れ、置いてあった絵草紙の原稿は散らばり、土足に踏《ふ》み躙《にじ》られていた。

「な、何だあ……」

麟太郎は呆然《ぼうぜん》とした。

「誰が何故……」

麟太郎は呟いた。

盗人《ぬすっと》に奪われるような物は何もない……。

そして、麟太郎は散らばり、踏み躙られている絵草子の原稿に、溜息を吐いた。

「久々の快心の作が……」

麟太郎は、原稿を拾い集めた。だが、既に無駄だと気が付いた。

「おのれ……」

麟太郎に怒りが突き上げた。

何者の仕業だ……。

目利きの一件に拘る奴らの仕業か……。

だが、奴らが麟太郎の素性や家を知っている筈はない。

ならば、誰だ……。
麟太郎は、想いを巡らせた。
「あっ……」
麟太郎は、千鳥橋で二人の浪人に襲われた事を思い出した。
奴らか……。
だが、二人の浪人に見覚えはなかった。
誰かに頼まれての闇討ちならば、頼んだ者は誰なのか……。
俺は知らぬ内に恨まれ、命を狙われたのだ。
もし、そうなら家を荒らし、警戒をさせるような真似《まね》をする筈はない。
どう云う事だ……。
麟太郎は、混乱しながらも、懸命に事態を読もうとした。
夕闇は既に夜になり、長屋の家々から夕食時の楽し気な笑い声が洩れていた。

夜は更けた。
閻魔長屋の家々は明かりを消し、眠りに就いた。
麟太郎の家も暗かった。

閻魔長屋の木戸に頭巾を被った痩せた武士が現れ、麟太郎の家を見詰めた。

「俺に用か……」

閻魔堂から麟太郎が現れた。

頭巾を被った痩せた武士は、木戸の傍を離れて出て行こうとした。

「待て……」

麟太郎は行く手を塞《ふさ》いだ。

頭巾を被った痩せた武士は、麟太郎に怒りを含んだ眼を向けた。

「お前だな、俺の家を荒らした盗人は……」

麟太郎は嘲りを浮かべた。

「黙れ。私を笑い者にした報いだ……」

頭巾を被った痩せた武士は、腹立たし気に告げた。

「笑い者……」

麟太郎は眉をひそめた。

「ああ……」

頭巾を被った痩せた武士は頷いた。

「俺がいつ、お前を笑い者にした……」

麟太郎に覚えはなかった。

「忘れたのか……」

「いや。覚えがないのだ」

「おのれ、他人をからかって地面に無様に倒し、恥を掻《か》かせて笑い者にした。それを忘れたと云うのか……」

頭巾を被った痩せた武士は、嗄れ声を悔しさに震わせた。

「ああ、あの時の……」

麟太郎は思い出した。

「漸《ようや》く思い出したか……」

「違う。あれはからかった訳でも、恥を掻かせた訳でもない……」

「黙れ……」

頭巾を被った痩せた武士は、麟太郎に抜き打ちの一刀を放った。

麟太郎は、咄嗟に跳び退いた。

頭巾を被った痩せた武士は、血迷ったような喚《わめ》き声《ごえ》をあげて麟太郎に滅茶苦茶に斬り付けた。

乱心者か……。

た。

　閻魔長屋の住人たちが木戸に現れ、近くの家の者も出て来て、恐ろし気に見守った。

　麟太郎は躱した。

「止めろ。止めるんだ……」

　麟太郎は、必死に止めさせようとした。だが、頭巾を被った痩せた武士は、尚《なお》も喚きながら麟太郎に斬り掛った。

　麟太郎は、刀を躱しながら後退りした。

　刹那、後退りする麟太郎は足を取られて仰向けに倒れた。

　頭巾を被った痩せた武士が、倒れた麟太郎に上段から斬り掛かった。

　麟太郎は、倒れたまま横薙《よこな》ぎの一刀を必死に放った。

　頭巾を被った痩せた武士は、腹を斬られて呆然と立ち尽くした。

　斬られた腹から血が流れた。

　頭巾を被った痩せた武士は、悲鳴を上げてよろめきながら麟太郎から離れた。

　麟太郎は、素早く立ち上がった。

　頭巾を被った痩せた武士は、泣きながらよろめき、前のめりに倒れ込んだ。

　麟太郎は、刀に拭《ぬぐ》いを掛けて鞘《さや》に納め、倒れている頭巾を被った痩せた武士を溜息混じりに見詰めた。

「何、麟太郎が旗本を斬った……」

南町奉行の根岸肥前守《ねぎしひぜんのかみ》は眉をひそめた。

「はい。梶原八兵衛によれば、旗本は麟太郎どのに恥を掻かされ、笑い者にされたと恨み、闇討ちの刺客を送り、家を荒らし、斬り掛かって返り討ちにされたとか……」

正木平九郎《まさきへいくろう》は告げた。

「麟太郎が恥を掻かせ、笑い者にしたのは真《まこと》なのか……」

「いいえ。八兵衛は逆恨みだと……」

「逆恨み……」

「はい……」

「で、麟太郎を襲い、返り討ちに遭ったか……」

「はい。見ていた者たちによりますと、旗本は一方的に斬り掛かり、麟太郎どのは何とか止めさせようとしていたと……」

「して、斬られた旗本家の者はどう云っているのだ……」

「驚き、身を慎んでいます」

「そうか……」

逆恨みでの刃傷沙汰《にんじようざた》は、許されるものではなく、厳しいお咎めは必定だ。

肥前守は、旗本家を哀れんだ。

「処が麟太郎どのが、旗本は血迷い、乱心していたと……」

「乱心……」

「はい……」

「麟太郎がそう申したのか……」

「はい。乱心者なれば、評定所のお裁きも変わるものかと……」

「うむ。そうか、麟太郎が逆恨みの旗本は乱心者とな……」

麟太郎は、旗本を乱心者にして旗本家へのお咎めを小さくしたのかもしれない。

それならそれで良い……。

肥前守は苦笑した。

麟太郎は、破れたり皺だらけになった原稿を集め、書き直し始めた。

だが、何故か面白くなかった。

どうした……。

最初に書いた時の勢いと面白さは何処に行ったのだ……。
麟太郎は、仰向けに寝て天井を見上げて溜息を吐いた。
何がどうなっているのだ……。
麟太郎は苛立《いらだ》った。
久々の快心の作も、熱が冷めたらその程度のものに過ぎなかったのかもしれない。
おのれ……。
麟太郎は、己の至らなさに腹を立てた。
よし、書き直しだ……。
麟太郎は、新たな闘志を懸命に燃やそうとした。

本書は文庫書下ろし作品です。

|著者|藤井邦夫　1946年、北海道旭川生まれ。テレビドラマ「特捜最前線」「水戸黄門」などの脚本家、監督を経て、2002年に作家デビュー。以降、多くの時代小説を手がける。「新・秋山久蔵御用控」「新・知らぬが半兵衛手控帖」「日暮左近事件帖」「江戸の御庭番」などのシリーズがある。

野暮天《やぼてん》　大江戸閻魔帳《おおえどえんまちよう》(七)

藤井邦夫《ふじいくにお》

2022年7月15日第1刷発行

発行者——鈴木章一
発行所——株式会社　講談社
東京都文京区音羽2-12-21　〒112-8001
電話　出版（03）5395-3510
　　　販売（03）5395-5817
　　　業務（03）5395-3615

Printed in Japan

講談社文庫
定価はカバーに
表示してあります

KODANSHA

デザイン—菊地信義
本文データ制作—講談社デジタル製作
印刷———株式会社KPSプロダクツ
製本———株式会社国宝社

ISBN978-4-06-528588-6

講談社文庫刊行の辞

二十一世紀の到来を目睫に望みながら、われわれはいま、人類史上かつて例を見ない巨大な転換期をむかえようとしている。

世界も、日本も、激動の予兆に対する期待とおののきを内に蔵して、未知の時代に歩み入ろうとしている。このときにあたり、創業の人野間清治の「ナショナル・エデュケイター」への志を現代に甦らせようと意図して、われわれはここに古今の文芸作品はいうまでもなく、ひろく人文・社会・自然の諸科学から東西の名著を網羅する、新しい綜合文庫の発刊を決意した。

激動の転換期はまた断絶の時代である。われわれは戦後二十五年間の出版文化のありかたへの深い反省をこめて、この断絶の時代にあえて人間的な持続を求めようとする。いたずらに浮薄な商業主義のあだ花を追い求めることなく、長期にわたって良書に生命をあたえようとつとめるところにしか、今後の出版文化の真の繁栄はあり得ないと信じるからである。

同時にわれわれはこの綜合文庫の刊行を通じて、人文・社会・自然の諸科学が、結局人間の学にほかならないことを立証しようと願っている。かつて知識とは、「汝自身を知る」ことにつきていた。現代社会の瑣末な情報の氾濫のなかから、力強い知識の源泉を掘り起し、技術文明のただなかに、生きた人間の姿を復活させること。それこそわれわれの切なる希求である。

われわれは権威に盲従せず、俗流に媚びることなく、渾然一体となって日本の「草の根」をかたちづくる若く新しい世代の人々に、心をこめてこの新しい綜合文庫をおくり届けたい。それは知識の泉であるとともに感受性のふるさとであり、もっとも有機的に組織され、社会に開かれた万人のための大学をめざしている。大方の支援と協力を衷心より切望してやまない。

一九七一年七月

野間省一

講談社文庫 最新刊

水木しげる
総員玉砕せよ！〈新装完全版〉
太平洋戦争従軍の著者が実体験を元に描いた戦記漫画。没後発見の構想ノートの一部を収録。

藤井邦夫
野暮天〈大江戸閻魔帳㈦〉
腕は立っても色恋は苦手な麟太郎が、男女の事件に首を突っ込んだが!? 〈文庫書下ろし〉

伊兼源太郎
金庫番の娘
商社を辞めて政治の世界に飛び込んだ花織《かおり》が永田町で大奮闘！ 傑作「政治×お仕事」エンタメ！

ごとうしのぶ
いばらの冠〈ブラス・セッション・ラヴァーズ〉
シリーズ累計500万部突破！《タクミくんシリーズ》につながる祠堂《しどう》吹奏楽LOVE。

矢野 隆
川中島の戦い〈戦百景《いくさひゃっけい》〉
武田信玄と上杉謙信の有名な戦いの流れがリアルタイムでわかり、真の勝者が明かされる！

福澤徹三
忌《い》み地 惨〈怪談社奇聞録〉
糸《し》 柳《やなぎ》 寿《とし》 昭《あき》
実話ほど恐ろしいものはない。誰しもの日常とともにある実録怪談集。〈文庫書下ろし〉

手塚マキと歌舞伎町ホスト80人from Smappa! Group
俵万智・野口あや子・小佐野彈・編
ホスト万葉集〈文庫スペシャル〉
いま届けたい。俺たちの五・七・五・七・七！「歌舞伎町の光源氏」が紡ぐ感動の短歌集。

乗代雄介《のりしろゆうすけ》
本物の読書家
大叔父には川端康成からの手紙を持っているという噂があった――。乗代雄介の挑戦作。

マイクル・コナリー
古沢嘉通 訳
潔白の法則（上）（下）〈リンカーン弁護士〉
ネットフリックス・シリーズ「リンカーン弁護士」原案。ミッキー・ハラーに殺人容疑が。

講談社タイガ
井坂 暁《いさかあきら》
世界の愛し方を教えて
媚《こ》びて愛されなきゃ生きていけないこの世界が、大嫌いだ。世界を好きになるボーイミーツガール。

講談社文芸文庫

伊藤比呂美

とげ抜き　新巣鴨地蔵縁起

解説＝栩木伸明　年譜＝著者

いAC1

この苦が、あの苦が、すべて抜けていきますように。詩であり語り物であり、すべての苦労する女たちへの道しるべでもある。【萩原朔太郎賞・紫式部賞W受賞作】

978-4-06-528294-6

藤澤清造　西村賢太 編

根津権現前より　藤澤清造随筆集

解説＝六角精児　年譜＝西村賢太

ふN2

「歿後弟子」は、師の人生をなぞるかのようなその死の直前まで諸雑誌にあたり、編集・配列に意を用いていた。時空を超えた「魂の感応」の産物こそが本書である。

978-4-06-528090-4

講談社文庫 目録

松岡圭祐　瑕《か》疵《し》借り
松原　始　カラスの教科書
益田ミリ　五年前の忘れ物
益田ミリ　お茶の時間
マキタスポーツ　一億総ツッコミ時代〈決定版〉
丸山ゴンザレス　ダークツーリスト〈世界の混沌《カオス》を歩く〉
松田賢弥　したたか　総理大臣・菅義偉の野望と人生
真下みこと　#柚《ゆ》莉《り》愛《あ》とかくれんぼ
松野大介　インフォデミック〈コロナ情報氾濫〉
三島由紀夫　TBSヴィンテージクラシックス　編　告白　三島由紀夫未公開インタビュー
三浦綾子　ひつじが丘
三浦綾子　岩に立つ
三浦綾子　あのポプラの上が空〈新装版〉
三浦明博　滅びのモノクローム
三浦明博　五郎丸の生涯
宮尾登美子　新装版　天璋院篤姫(上)(下)
宮尾登美子　新装版　一絃の琴
宮尾登美子　東福門院和子《まさこ》の涙(上)(下)〈レジェンド歴史時代小説〉
皆川博子　クロコダイル路地

宮本　輝　骸骨ビルの庭(上)(下)
宮本　輝　新装版　二十歳《はたち》の火影《ほかげ》
宮本　輝　新装版　命の器
宮本　輝　新装版　避暑地の猫
宮本　輝　新装版　ここに地終わり　海始まる(上)(下)
宮本　輝　新装版　花の降る午後(上)(下)
宮本　輝　新装版　オレンジの壺(上)(下)
宮本　輝　にぎやかな天地(上)(下)
宮本　輝　新装版　朝の歓び(上)(下)
宮城谷昌光　夏姫春秋(上)(下)
宮城谷昌光　花の歳月
宮城谷昌光　重《ちょう》耳《じ》(全三冊)
宮城谷昌光　介《かい》子《し》推《すい》
宮城谷昌光　孟嘗君　全五冊
宮城谷昌光　子産(上)(下)
宮城谷昌光　湖底の城〈呉越春秋〉一
宮城谷昌光　湖底の城〈呉越春秋〉二
宮城谷昌光　湖底の城〈呉越春秋〉三
宮城谷昌光　湖底の城〈呉越春秋〉四

宮城谷昌光　湖底の城〈呉越春秋〉五
宮城谷昌光　湖底の城〈呉越春秋〉六
宮城谷昌光　湖底の城〈呉越春秋〉七
宮城谷昌光　湖底の城〈呉越春秋〉八
宮城谷昌光　湖底の城　九
宮城谷昌光　俠骨記〈新装版〉
水木しげる　コミック昭和史1〈関東大震災〜満州事変〉
水木しげる　コミック昭和史2〈満州事変〜日中全面戦争〉
水木しげる　コミック昭和史3〈日中全面戦争〜太平洋戦争開始〉
水木しげる　コミック昭和史4〈太平洋戦争前半〉
水木しげる　コミック昭和史5〈太平洋戦争後半〉
水木しげる　コミック昭和史6〈終戦から朝鮮戦争〉
水木しげる　コミック昭和史7〈講和から復興〉
水木しげる　コミック昭和史8〈高度成長以降〉
水木しげる　総員玉砕せよ!
水木しげる　敗走記
水木しげる　白い旗
水木しげる　姑《クー》娘《ニャン》
水木しげる　決定版　日本妖怪大全〈妖怪・あの世・神様〉

水木しげる　ほんまにオレはアホやろか
宮部みゆき　新装版 震える岩〈霊験お初捕物控〉
宮部みゆき　新装版 天狗風〈霊験お初捕物控〉
宮部みゆき　ICO《イコ》—霧の城—(上)(下)
宮部みゆき　ぼんくら(上)(下)
宮部みゆき　新装版 日暮らし(上)(下)
宮部みゆき　おまえさん(上)(下)
宮部みゆき　小暮写眞館(上)(下)
宮部みゆき　ステップファザー・ステップ〈新装版〉
宮子あずさ　看護婦が見つめた人間が死ぬということ
宮本昌孝　家康、死す(上)(下)
三津田信三　忌《い》館《かん》〈ホラー作家の棲む家〉
三津田信三　作者不詳〈ミステリ作家の読む本〉(上)(下)
三津田信三　蛇《じゃ》棺《かん》葬《そう》
三津田信三　百《ひゃく》蛇《じゃ》堂《どう》〈怪談作家の語る話〉
三津田信三　厭魅《まじもの》の如き憑くもの
三津田信三　凶鳥《まがとり》の如き忌むもの
三津田信三　首無《くびなし》の如き祟るもの
三津田信三　山魔《やまんま》の如き嗤《わら》うもの

三津田信三　水魑《みづち》の如き沈むもの
三津田信三　密室《ひめむろ》の如き籠《こも》るもの
三津田信三　生霊《いきだま》の如き重《だぶ》るもの
三津田信三　幽女《ゆうじょ》の如き怨むもの
三津田信三　碆霊《はえだま》の如き祀るもの
三津田信三　魔偶《まぐう》の如き齎《もたら》すもの
三津田信三　シェルター 終末の殺人
三津田信三　ついてくるもの
三津田信三　誰かの家
三津田信三　忌《い》物《ぶつ》堂《どう》鬼《き》談《だん》
道尾秀介　カラスの親指〈by rule of CROW's thumb〉
道尾秀介　カエルの小指〈a murder of crows〉
道尾秀介　水の柩
深木《みき》章子《あきこ》　鬼畜の家
湊かなえ　リバース
宮内悠介　彼女がエスパーだったころ
宮内悠介　偶然の聖地
宮乃崎《みやのさき》桜子《さくらこ》　綺《き》羅《ら》の皇《ひめ》女《みこ》(1)
宮乃崎桜子　綺羅の皇女(2)

三國青葉　損料屋見鬼《けんき》控え 1
三國青葉　損料屋見鬼控え 2
三國青葉　損料屋見鬼控え 3
宮西真冬　誰かが見ている
宮西真冬　首の鎖
宮西真冬　友達未遂
南　杏子　希望のステージ
村上　龍　愛と幻想のファシズム(上)(下)
村上　龍　村上龍料理小説集
村上　龍　新装版 限りなく透明に近いブルー
村上　龍　新装版 コインロッカー・ベイビーズ
村上　龍　歌うクジラ(上)(下)
向田邦子　新装版 眠る盃
向田邦子　新装版 夜中の薔薇
村上春樹　風の歌を聴け
村上春樹　1973年のピンボール
村上春樹　羊をめぐる冒険(上)(下)
村上春樹　カンガルー日和
村上春樹　回転木馬のデッド・ヒート

村上春樹 ノルウェイの森 (上)(下)
村上春樹 ダンス・ダンス・ダンス (上)(下)
村上春樹 遠い太鼓
村上春樹 やがて哀しき外国語
村上春樹 国境の南、太陽の西
村上春樹 アンダーグラウンド
村上春樹 スプートニクの恋人
村上春樹 アフターダーク
村上春樹/佐々木マキ絵 羊男のクリスマス
村上春樹/佐々木マキ絵 ふしぎな図書館
村上春樹/糸井重里 夢で会いましょう
村上春樹・文/安西水丸・絵 ふわふわ
U・K・ル＝グウィン/村上春樹訳 空飛び猫
U・K・ル＝グウィン/村上春樹訳 帰ってきた空飛び猫
U・K・ル＝グウィン/村上春樹訳 素晴らしいアレキサンダーと、空飛び猫たち
U・K・ル＝グウィン/村上春樹訳 空を駆けるジェーン
T・ファリッシュ著/B・ルート絵/村上春樹訳 ポテト・スープが大好きな猫
村山由佳 天翔る
睦月影郎 密通妻
睦月影郎 快楽アクアリウム
向井万起男 渡る世間は「数字」だらけ
村田沙耶香 授乳
村田沙耶香 マウス
村田沙耶香 星が吸う水
村田沙耶香 殺人出産
村瀬秀信 気がつけばチェーン店ばかりでメシを食べている
村瀬秀信 それでも気がつけばチェーン店ばかりでメシを食べている
虫眼鏡 東海オンエアの動画が6.4倍楽しくなる本〈虫眼鏡の概要欄 クロニクル〉
森村誠一 悪道
森村誠一 悪道 西国謀反
森村誠一 悪道 御三家の刺客
森村誠一 悪道 五右衛門の復讐
森村誠一 悪道 最後の密命
森村誠一 ねこの証明
毛利恒之 月光の夏
森博嗣 すべてがFになる〈THE PERFECT INSIDER〉
森博嗣 冷たい密室と博士たち〈DOCTORS IN ISOLATED ROOM〉
森博嗣 笑わない数学者〈MATHEMATICAL GOODBYE〉
森博嗣 詩的私的ジャック〈JACK THE POETICAL PRIVATE〉
森博嗣 封印再度〈WHO INSIDE〉
森博嗣 幻惑の死と使途〈ILLUSION ACTS LIKE MAGIC〉
森博嗣 夏のレプリカ〈REPLACEABLE SUMMER〉
森博嗣 今はもうない〈SWITCH BACK〉
森博嗣 数奇にして模型〈NUMERICAL MODELS〉
森博嗣 有限と微小のパン〈THE PERFECT OUTSIDER〉
森博嗣 黒猫の三角〈Delta in the Darkness〉
森博嗣 人形式モナリザ〈Shape of Things Human〉
森博嗣 月は幽咽のデバイス〈The Sound Walks When the Moon Talks〉
森博嗣 夢・出逢い・魔性〈You May Die in My Show〉
森博嗣 魔剣天翔〈Cockpit on knife Edge〉
森博嗣 恋恋蓮歩の演習〈A Sea of Deceits〉
森博嗣 六人の超音波科学者〈Six Supersonic Scientists〉
森博嗣 捩れ屋敷の利鈍〈The Riddle in Torsional Nest〉
森博嗣 朽ちる散る落ちる〈Rot off and Drop away〉
森博嗣 赤緑黒白〈Red Green Black and White〉
森博嗣 四季 春～冬
森博嗣 φ《ファイ》は壊れたね〈PATH CONNECTED φ BROKE〉

講談社文庫　目録

森　博嗣　θ《シータ》は遊んでくれたよ〈ANOTHER PLAYMATE θ〉
森　博嗣　τ《タウ》になるまで待って〈PLEASE STAY UNTIL τ〉
森　博嗣　ε《イプシロン》に誓って〈SWEARING ON SOLEMN ε〉
森　博嗣　λ《ラムダ》に歯がない〈λ HAS NO TEETH〉
森　博嗣　η《イータ》なのに夢のよう〈DREAMILY IN SPITE OF η〉
森　博嗣　目薬α《アルファ》で殺菌します〈DISINFECTANT α FOR THE EYES〉
森　博嗣　ジグβ《ベータ》は神ですか〈JIG β KNOWS HEAVEN〉
森　博嗣　キウイγ《ガンマ》は時計仕掛け〈KIWI γ IN CLOCKWORK〉
森　博嗣　χ《カイ》の悲劇〈THE TRAGEDY OF χ〉
森　博嗣　ψ《プサイ》の悲劇〈THE TRAGEDY OF ψ〉
森　博嗣　イナイ×イナイ〈PEEKABOO〉
森　博嗣　キラレ×キラレ〈CUTTHROAT〉
森　博嗣　タカイ×タカイ〈CRUCIFIXION〉
森　博嗣　ムカシ×ムカシ〈REMINISCENCE〉
森　博嗣　サイタ×サイタ〈EXPLOSIVE〉
森　博嗣　ダマシ×ダマシ〈SWINDLER〉
森　博嗣　女王の百年密室〈GOD SAVE THE QUEEN〉
森　博嗣　迷宮百年の睡魔〈LABYRINTH IN ARM OF MORPHEUS〉
森　博嗣　赤目姫の潮解〈LADY SCARLET EYES AND HER DELIQUESCENCE〉

森　博嗣　まどろみ消去〈MISSING UNDER THE MISTLETOE〉
森　博嗣　地球儀のスライス〈A SLICE OF TERRESTRIAL GLOBE〉
森　博嗣　レタス・フライ〈Lettuce Fry〉
森　博嗣　僕は秋子に借りがある I'm in Debt to Akiko〈森博嗣自選短編集〉
森　博嗣　どちらかが魔女 Which is the Witch?〈森博嗣シリーズ短編集〉
森　博嗣　喜嶋先生の静かな世界〈The Silent World of Dr.Kishima〉
森　博嗣　そして二人だけになった〈Until Death Do Us Part〉
森　博嗣　つぶやきのクリーム〈The cream of the notes〉
森　博嗣　ツンドラモンスーン〈The cream of the notes 4〉
森　博嗣　つぼみ茸《きのこ》ムース〈The cream of the notes 5〉
森　博嗣　つぶさにミルフィーユ〈The cream of the notes 6〉
森　博嗣　月夜のサラサーテ〈The cream of the notes 7〉
森　博嗣　つんつんブラザーズ〈The cream of the notes 8〉
森　博嗣　ツベルクリンムーチョ〈The cream of the notes 9〉
森　博嗣　追懐のコヨーテ〈The cream of the notes 10〉
森　博嗣　カクレカラクリ〈An Automaton in Long Sleep〉
森　博嗣　DOG&DOLL
森　博嗣　森には森の風が吹く〈My wind blows in my forest〉
森　博嗣　アンチ整理術〈Anti-Organizing Life〉

諸田玲子　森家の討ち入り
森　達也　すべての戦争は自衛から始まる
本谷有希子　腑抜けども、悲しみの愛を見せろ
本谷有希子　江利子と絶対〈本谷有希子文学大全集〉
本谷有希子　あの子の考えることは変
本谷有希子　嵐のピクニック
本谷有希子　自分を好きになる方法
本谷有希子　異類婚姻譚
本谷有希子　静かに、ねぇ、静かに
茂木健一郎　「赤毛のアン」に学ぶ幸福《しあわせ》になる方法〈偏差値78のAV男優が考える〉
森林原人　セックス幸福論
桃戸ハル編・著　5分後に意外な結末〈ベスト・セレクション〉
桃戸ハル編・著　5分後に意外な結末〈ベスト・セレクション　黒の巻・白の巻〉
桃戸ハル編・著　5分後に意外な結末〈ベスト・セレクション　心震える赤の巻〉
森　功　高倉健〈隠し続けた七つの顔と「謎の養女」〉
望月麻衣　京都船岡山アストロロジー
山田風太郎　甲賀忍法帖〈山田風太郎忍法帖①〉
山田風太郎　伊賀忍法帖〈山田風太郎忍法帖③〉
山田風太郎　忍法八犬伝〈山田風太郎忍法帖④〉

講談社文庫　目録